ED
softy
assidas

Sweet! Sweat! Swoop!

Aufguss 01

E 174: Silber

Blähungen neigten dazu, immer zu den unmöglichsten Zeiten aufzutreten. Im Supermarkt, wenn man sich unter dem erwartungsvollen Blick der Bedienung nicht entscheiden konnte, ob man Makrele, Seebarsch oder nicht doch Kabeljau kaufen sollte. In der Metro auf dem Weg zur Schule, wenn es einmal wieder besonders eng wurde und man hoffte, dass einen der Klassenlehrer drei Sitze weiter nicht entdeckte. Fahrstühle, Gruppenarbeit und Prüfungen waren ebenfalls prädestiniert dafür zu Momenten zu werden, in denen sich der Bauch anfühlte wie Schmetterlinge auf stürmischer See.

Auch heute hatte diese Seenot Taro Yamada dazu getrieben, Zuflucht an dem Ort zu suchen, den auch Könige nur allein besuchten. Zumindest die Könige, die auf ein Internat in Nordeuropa gingen.

Bereits zum Abendessen hatte sein Magen derart rumort, dass er kaum einen Bissen herunter bekommen hatte. Und während sein Zimmernachbar, ein ebenfalls eher schüchterner Geselle, der ihn zum Einzug einen ellenlangen Vortrag über Mülltrennung und Energiesparen gehalten hatte, danach friedlich schlummernd einen kompletten Nadelwald abgesägt hatte, konnte Taro kein Auge zumachen. Sein Bauch ächzte und schmerzte, klagte und jammerte. Es war so heftig, dass er sich nicht einmal auf die Zimmertoilette traute, aus Angst sein Mitbewohner würde durch den laut ratternden defekten Lüfter oder sein ebenfalls laut ratterndes Blasorchester geweckt werden. Angesichts der spärlichen Straßenbeleuchtung, die durch einen Spalt der

Vorhänge schien, hatte er Japan besonders vermisst. Japan, seine Heimat, das Land der elektrischen Toiletten und heißen Quellen, das Land der Etikette-Klingel, die sanftes Wasserrauschen erklingen ließ, welche auch die schlimmste Flatulenz zu übertönen vermochte, und das Land der nach faulen Eiern riechenden Thermalbäder, gegen die jede noch so schlimme Diarrhö so zart roch wie eine Babywindel.

Als sein Bauch erneut ein lautes Ächzen von sich gab, zweifelte Taro, mit vollem Namen Taro Yamada, ernsthaft an seiner Entscheidung für ein Austauschjahr in das ferne Europa gekommen zu sein. Während daheim gerade die Kirschblüten von Hiroshima in Richtung Kyoto wanderten, herrschte hier, auf einer kleinen Insel im Bottnischen Meerbusen, noch eisige Einöde.

Eisig war übrigens auch der Toilettensitz, den er nun schon seit zehn Minuten okkupierte. Es gab keine Steuerkonsole für die Wärme der Klobrille und auch keinen reinigenden Wasserstrahl. Am Spülkasten konnte man lediglich auswählen, ob man die große oder die kleine Taste drückte. *Barbarisch. Einfach barbarisch.* Sogar das Toilettenpapier fühlte sich an, als hätte es ein Wikinger aus einem Stück Holz herausgeschlagen. Es war grau und rau und kratzig. Kein Vergleich zu den zweilagigen Papieren aus seiner Heimat, die sein Gesäß umschmeichelten wie ein sanfter Kirschblütenregen.

Thor schlug mit seinem Hammer ein weiteres Mal von Innen gegen seine Bauchdecke. Taro krümmte sich nach vorne und atmete tief durch. In seinen Augenwinkeln hatten sich Tränen gebildet. Er nahm seine Brille ab und wischte sich mit dem Handrücken über die Augen. *Es konnte doch nicht wahr sein, dass heute dasselbe passierte, wie am Tag der Eintrittsprüfung für die Oberschule!*

Er erinnerte sich noch ganz genau daran, wie er im letzten Sommer wie ein Verrückter gelernt, den Fuji erklimmt, wieder gelernt und wieder den Fuji erklimmt hatte. Seine Noten waren am Ende sogar ausreichend, um an der gewünschten Oberschule zugelassen zu werden. Doch dann kam die mündliche Prüfung und er, Taro Yamada, sechzehn Jahre alt und jüngster Sohn einer typisch japanischen Durchschnittsfamilie mit drei Kindern, verkackte alles. Wortwörtlich. Noch nie in seinem Leben war er dermaßen nervös gewesen, dass er noch vor der Sichtung durch das Lehrerkomitee das Weite gesucht hatte. Sein rasendes Herz und sein wie ein wilder Löwe brüllender Bauch machten ihm einen Strich durch die Rechnung.

Als er das nächste Mal in strömendem Regen den Fuji erklomm, konnte er nicht aufhören zu weinen. Warum war er nur so ein Angsthase? Warum konnte er nicht wie jeder andere Mensch akzeptieren, dass man im Leben manchmal einen anderen Weg einschlagen musste und es trotz Nervosität wenigstens versuchen konnte? Während er auf einem Aussichtsplateau stand und den in bunten Farben sterbenden Herbstwald betrachtete, schien auch in ihm etwas zu sterben. Er ballte seine zitternden Hände zur Faust, holte tief Luft und rief: »Von nun an bin ich stark! Bereit! Unbesiegbar! Schön! Entschlossen! Mutig! Ich werde mich ganz sicher verändern!«

Doch als ihn kurz darauf der kritische Blick einer Gruppe ausländischer Touristen traf, wurde er wieder ganz klein und verdrückte sich auf das nächste Toilettenhäuschen.

Der Gedanke an dieses peinliche Erlebnis trieb Taro die Schamröte ins Gesicht. Er wischte sich erneut über die Augen. Diesmal allerdings musste er lächeln. *Ja, er war noch immer ein hoffnungsloser Angsthase. Doch nun hatte er es zumindest auf eine Toilette am anderen Ende der Welt geschafft.* Er nickte entschlossen und setzte seine Brille wieder auf.

Da es mit seiner Wunsch-Oberschule nicht geklappt hatte, hatte er fieberhaft nach einer Alternative gesucht. Doch alle Schul-Webseiten, die er besucht hatten, schienen ihm mit ihrer Club-Auswahl gleich langweilig und eintönig. Es gab Clubs für Sport, Musik und Literatur, Naturwissenschaften, und Handwerk. Doch er wollte weder stricken, noch tanzen, noch Weltmeister in *Fortnite* oder *Counter Strike* werden. Seit er nämlich mit seinen zwei großen Schwestern zusammen ferngesehen und gespielt hatte, hatte Taro nur einen einzigen Wunsch: er wollte ein Held werden. Und in diesem Internat, an einem Ort, an dem im Winter die Sonne gerade einmal vier Stunden am Tag schien, sollte sein Wunsch wahr werden. Denn hier, auf der Saint Claus

Academy, gab es nicht nur einen Club für Eiskunstlauf und einen für Viehzucht, sondern auch den einen, den besonderen, den Super-Club!

Von diesem Gedanken beflügelt, beendete er seine Sitzung. Er holte sein Smartphone aus der Tasche und schaute auf die Uhr. Wenn er sich beeilte, konnte er es noch rechtzeitig zur ersten Stunde in den Unterricht schaffen. Sein Sperrbildschirm zeigte das Bild eines weibliches Zwillingspaars in kurzen, über und über mit Pailletten und Perlen bestickten Rüschenkleidern. Begleitet wurden die beiden von zwei süßen Plüsch-Dinosauriern.

Seine Gedanken schweiften für einen Augenblick ab. Kurz vor seiner Abreise nach Nordeuropa hatte er ein Konzert der Beiden besucht. Während Yumi und Asami auf der Bühne ihr Bestes gaben, tanzten Peppi und Peppo, die beiden Dinosaurier, auf einer 3D-Leinwand hinter ihnen. Wenn er die Augen schloss und sich ganz fest darauf konzentrierte, konnte er noch immer die Mischung aus Zuckerwatte und Trockeneis riechen, welche die Luft des Konzertsaals erfüllt hatte. Er seufzte und drückte sein Smartphone an die Brust. »Ich liebe euch!« Im nächsten Moment ertönte die Schulglocke.

»Aaaaah!« Panisch wischte er sich den Sabber vom Mundwinkel und stopfte das Smartphone wieder in die Tasche. Eine kleine Flasche, die er ebenfalls mit sich herumtrug, klirrte leise gegen das Telefon. Er betätigte noch einmal die Spülung und kontrollierte zur Sicherheit, ob sein Hemd in der Hose und der Hosenstall auch wirklich geschlossen war. Schließlich riss er die Tür auf und sprintete zum Waschbecken. Der Seifenspender zu seiner Rechten war leer. Sein Herz begann in der Brust zu galoppieren. Auch links befand sich nur ein spärlicher Rest Flüssigseife im Spender. Als er die Hände so gut es ging einseifte, betrachtete er kritisch sein Spiegelbild. Dazu musste er sich auf die Zehenspitzen stellen, weil jemand es für eine gute Idee gehalten haben musste, den Spiegel nur für Menschen zwischen einem Meter fünfundsechzig und zwei Meter Körpergröße aufzuhängen. Er selbst konnte, ohne sich zu strecken, nur seine müden Augen und die leicht gerötete Nasenspitze sehen. Sowie einen anderen Jungen, der ihn mit finsterem Blick anstarrte.

Taro unterdrückte einen Aufschrei. *Seit wann stand der andere da?* Seine Hände zitterten, als er sie abwusch. Vielleicht hatte er es sich aber nur eingebildet, denn so schlohweiß, wie der andere war, konnte er doch unmöglich ein echter Mensch sein. *Ein Geist, ja, genau, ein Geist. Die männliche, europäische Version von Hanako, dem Toilettengeist! Bestimmt war der Geist weg, sobald er sich erneut umdrehte.* Er griff nach den Papiertüchern, trocknete sich die Hände ab und schulterte anschließend seine Schultasche. Erst dann wagte er, sich langsam umzudrehen.

»Guten Morgen!«, sprach der Geist mit fester Stimme.

Taro ließ erneut ein erschrecktes Fiepen verlauten. Er hatte einen Kloß im Hals, doch versuchte er trotzdem die Etikette zu bewahren und sich leicht zu verbeugen.

»G… Guten M… Morgen!« Er traute sich kaum, den anderen Jungen anzusehen und fixierte stattdessen seine Schuhe. Es waren wirklich modische, gut gepflegte Sportschuhe in grellen Farben mit Reflektorstreifen, ganz anders als die durchschnittlichen braunen Lederschuhe, die Taro trug. Seine Hose verriet, dass auch er ein Schüler der Saint Claus Academy sein musste, auch wenn er, im Gegensatz zu ihm, sein Hemd lässig offen und auch die Krawatte nicht um den Hals, sondern als dekoratives Band am Gürtel trug. Ein weiterer verstohlener Blick offenbarte ein gelbes T-Shirt, mehrere goldene Halsketten, wie sie sonst nur amerikanische Gangster-Rapper trugen, alabasterweiße Haut und ebenfalls fast schneeweißes, leicht krauses Haar. Taro hatte noch nie in seinem Leben einen derart weißen Menschen gesehen. Die Menschen aus seinem Heimatland hatten fast alle dunkles, fast schwarzes Haar, dunkle Augen und einen leicht ins olivfarbene gehenden Teint.

Hatte der andere Junge blaue Augen und eine große Nase? Das war doch bei Amerikanern und Europäern immer so! Zumindest im Fernsehen sah man immer solche Menschen, die in der oberen linken oder rechten Bildecke eingeblendet wurden und zu einer Reportage nickten und schmunzelten, obwohl sie kein Wort verstanden. *Welche Farbe hatten seine Augen?* Als er vorsichtig einen weiteren Blick wagte, entglitt ihm zum dritten Mal ein erstickter Schrei. »Es tut mir leid!« Er verbeugte sich hastig. *Seine Augen! Seine Augen! Die waren … grau … rot! Irgendetwas stimmte nicht mit ihnen! Ja, er musste ein Dämon sein. Ein Dämon! Und er, Taro, war ihm auf Gedeih und Verderb ausgeliefert, weil er gleich an seinem ersten Tag an der neuen Schule zu spät kam!* Sein Bauch begann erneut zu rumoren.

Der andere Junge schnalzte mit der Zunge. »Das sollte es auch!« Er zog die Augenbrauen zusammen und blickte Taro kritisch an. Sein flackernder Blick machte Taro soviel Angst, dass er ebenfalls sämtliche Gesichtsfarbe verlor.

Der Junge zog ein Klemmbrett hervor und blätterte ein paar Seiten vorwärts. »Du bist Taro Yamada, richtig?« Er kniff die Augen zusammen, als er die weiteren Daten ablas. »Klasse 10 C, im Rahmen des interkulturellen Austauschprogramms ab heute an unserer Schule.« Er verzog das Gesicht zu einem finsteren Grinsen. »Und gleich am ersten Tag zu spät!«

»Es tut mir leid!« Taro erhöhte das Intervall seiner Verbeugungen.

Erst jetzt fiel ihm auf, dass der andere Junge eine rote Armbinde trug, was ihn wohl zu einem wichtigen Mitglied des Schülerrats machen musste.

Der König der Löwen brüllte in seinem Bauch. Taro wurde schwindlig.

Das Grinsen des anderen wurde breiter. »Taschenkontrolle!«, befahl er und ließ sich von Taro mit zitternden Händen die marineblaue Umhängetasche reichen. Taro war kurz davor, sich in alter japanischer Tradition vor ihm auf den Boden zu werfen und panisch um sein Leben zu flehen.

»Schulbücher, Blöcke, ein elektronisches Wörterbuch, ein Smartphone, ein Federmäppchen, oh!« Zufrieden griff er in die Tasche und holte eine Glasflasche heraus. »Bingo!«

Taro erstarrte zur Salzsäule. Bis zu diesem Moment hatte er nicht mehr daran gedacht, dass er diese Flasche mit sich führte. Sie war klein wie eine Kaffeetasse, mit einem Korken verschlossen und mit einem vergilbten Schild versehen, auf dem handschriftlich *»Nur für Mutige«* geschrieben stand. Die Flüssigkeit im Inneren wirkte klar, verwandelte sich unter Schütteln jedoch in regenbogenfarbenen Sternenstaub.

Der andere Junge lachte schmutzig und klopfte ihm leicht auf den Rücken. »Bingo«, wiederholte er, »der kleine Austauschschüler dachte wohl, dass er sich vor dem Unterricht ein bisschen Mut antrinken kann.« Er wiegte die Flasche hin und her und beobachtete interessiert das Farbenspiel im Inneren.

»Nein, das ist …«, druckste Taro herum. Sein Herz schlug derart laut in seinen Ohren, dass er sich selbst kaum reden hören konnte. *Ein Abschiedsgeschenk von meinem Vater.* Er konnte es nicht laut sagen.

Sein Gegenüber zog die Nase hoch. »Genau, das ist Orangensaft und ich bin der Weihnachtsmann! Ho ho ho!« Er gab ihm erneut einen Klaps auf den Rücken und zwang ihn, mit ihm gemeinsam die Toilette zu verlassen. »Ist mir egal, ob du den Unterricht schwänzt. Für Leute wie dich haben wir nämlich eine besondere Klasse. Aber Alkohol! Das geht mal gar nicht!« Er packte ihn am linken Unterarm und zog ihn den Gang entlang.

Taro konnte kaum Schritt halten. »Das stimmt doch gar nicht! Das ist ein Aroma-Elixier, das mir mein Vater gegeben hat, damit sich mein Bauch beruhigt!« Er taumelte und stolperte, doch der andere Junge dachte nicht im Traum daran, seinen Schraubgriff zu lösen. »Ich bitte dich, nimm mir die Flasche nicht weg!«

Doch er hörte nicht auf ihn und zerrte ihn weiter.

Ihr Weg endete vor einer alten dunkelbraunen Holztür. Taro war ganz außer Atem. Die Tür knarrte und ächzte beim Öffnen. Sofort richteten sich fünfzehn müde Augenpaare auf ihn.

Der Lehrer hatte seine Füße, er trug Wollsocken und Gesundheitsschuhe, auf den Tisch gelegt und schlürfte lautstark aus einer Kaffeetasse. »Ah, Ivan!« Er wandte sich träge um und gähnte. »Hast du noch einen Nachzügler gefunden?«

Ivan nickte und löste seinen Griff.

Taro rieb sich den schmerzenden Unterarm. Er blickte erst den Lehrer an und dann wieder Ivan. »Ist das meine Klasse?« Der ganze Anblick war noch verwirrender und chaotischer als der Bahnhof von Shinjuku während der Rushhour.

Ivan schüttelte den Kopf. Seine Mundwinkel zuckten amüsiert.

Der Lehrer wollte einen weiteren Schluck aus der Kaffeetasse nehmen, musste aber feststellen, dass diese leer war. Seufzend erhob er sich und ging zu einem kleinen Kaffeevollautomaten, der auf dem Fensterbrett stand.

Die anderen Schüler hatten sich inzwischen wieder ihren eigenen Interessen gewidmet. Sie spielten Videospiele, lasen Hefte für Erwachsene, oder dösten höchst zufrieden vor sich hin.

»Nö«, sagte Ivan, »das hier ist die Schwänzer-Klasse.«

Taro wusste nicht, ob er erleichtert oder enttäuscht sein sollte. Er hatte sich seinen Einstand albtraumhaft ausgemalt. Sich vorgestellt, wie er vor der Klasse stand, seinen Namen in lateinischen Buchstaben falsch schrieb oder versehentlich in Kanji, wie er keinen Ton herausbekam und auch noch Blähungen hatte, für die ihn jeder auslachte. Doch in der Realität nannte er dem Lehrer nur seinen Namen und dieser antwortete desinteressiert, da er gerade mit dem Milchschäumer beschäftigt war: »Alles klar, setz dich irgendwo hin.«

Wie?

...

Bitte was?

Er verstand die Welt nicht mehr. *Hätte er nicht eigentlich bestraft werden müssen? Eine Blamage vor seiner eigenen Klasse erleiden müssen, wie es stets mit neuen Schülern geschah?* Stattdessen wurde er einfach in Ruhe gelassen. Niemand begrüßte ihn und stellte ihm Fragen. Irritiert sah er sich um. Rechts neben ihm hatte sich ein hispanisch aussehender Junge mit wirrem brünetten Zopf einen Torten-Almanach über den Kopf gelegt und schnarchte leise. Links neben ihm saß ein zarter, sommersprossiger Junge, der sich die Zeit mit einem Stickrahmen vertrieb und dabei stumm vor sich hin lächelte.

Ivan war verschwunden, nachdem er ihn abgeliefert hatte, kam kurz darauf aber mit zwei weiteren Schülern wieder, von denen der eine nun in Tarotkarten versunken war und sich hin und wieder Notizen machte.

Draußen vor dem Fenster herrschte noch immer trübes Dämmerlicht. Wehmütig dachte Taro an die Flasche, die der bleiche Ivan ihm entwendet hatte. *Wenn er sie doch nur entkorkt und daran gerochen hätte, hätte er gewusst, dass sich kein Alkohol darin befand.* Taro glaubte, dass es so etwas wie Zuckerwasser sein musste. Nichts mehr als ein Scherz, den sich sein Vater erlaubt haben musste.

Taro kannte diesen sowieso kaum. Goro Yamada, wie sein Vater mit vollem Namen hieß, gehörte nämlich zu der Spezies von Businessmännern, die ihre Arbeit so sehr liebten, dass sie nie zu Hause waren. Früher, als Taro noch ganz klein war und seine beiden Schwestern gerade in die Mittelschule kamen, war der Vater zumindest an Sonntagen daheim gewesen, ging mit ihnen ins Kino, in den Zoo, oder einfach nur zum Baseballspielen. Irgendwann jedoch hatte er seinen Schlafsack mit ins Büro genommen und war seitdem nur noch nach Hause gekommen, wenn er sich einmal wieder häuten musste. Häuten, das bedeutete, dass er seinen Anzug, mit dem er fast schon verwachsen war, gegen einen frischen austauschte.

Taro wusste nicht einmal, ob sein Vater von der ganzen Sache mit dem Austauschjahr etwas mitbekommen hatte. Er hatte es ihm nie erzählt, da er nie zu Hause war. Erst als er auf gepackten Koffern saß und sich ausgiebig von der elektrischen Toilette verabschiedet hatte, entdeckte er auf dem Küchentisch einen Abschiedsbrief von ihm, der ihm Mut machte, sowie die kleine Flasche mit dem Regenbogenwasser.

Er seufzte langgezogen. Jetzt war diese Flasche weg. Das einzige Stück Zuneigung, welches er von seinem Vater in den letzten Jahren bekommen hatte, wurde nun von Ivan, dem Schrecklichen, aufbewahrt. Bestimmt würde er den Inhalt den Abfluss hinunterspülen. Wieder holte Taro sein Smartphone hervor und betrachtete das Foto der beiden Idols. Sofort breitete sich eine wohlige Wärme in seinem Inneren aus, die ihm dabei half, den Vormittag zu überstehen.

Als es zur Mittagspause läutete, kam endlich Bewegung in die Schwänzer-Klasse. Stühle wurden gerückt. Selbst die müdesten Schüler streckten sich ausgiebig und begaben sich auf den Weg zum Speisesaal.

Auch Taro, der die letzten Stunden damit verbracht hatte neue englische Vokabeln zu lernen, erhob sich.

Ein Schüler in der Reihe vor ihm drehte sich um. »Und? Wie gefällt es dir bisher an unserer Schule?«

Taro zuckte zusammen. Er hatte nicht damit gerechnet, an diesem Tag überhaupt noch von jemandem angesprochen zu werden. »G…Gut, danke!«, stammelte er zurückhaltend.

Der Junge reichte ihm die Hand. Er war durchschnittlich groß, durchschnittlich schwer und hatte durchschnittliche Augen und Haare. In dem Moment, in dem er seine Hand schüttelte, wusste Taro schon nicht mehr, wie er aussah. »Ich heiße Peter. Peter Platzhalter.«

„*Yamada desu.* Äh, ich meine, ich heiße Taro. Freut mich." Er löste den Händedruck und verbeugte sich leicht.

Der andere, Taro hatte bereits vergessen, wie er hieß, lächelte freundlich. »Das muss alles sehr verwirrend für dich sein. Frag mich ruhig alles, was du wissen willst.«

Taro nickte und atmete erleichtert auf. *Endlich ein normaler Gesprächspartner!* »Die Schwänzer-Klasse, was ist das bitte genau?«

Der durchschnittliche Junge klatschte in die Hände und begann ohne Umschweife mit seiner Erklärung. Die Frage schien einen Schalter in ihm umgelegt zu haben, denn die Antwort kam wie einstudiert. »Die Schwänzer-Klasse ist ein Ort, an dem jeder Schüler, wenn er gerade keine Lust auf den Unterricht hat, den Vormittag verbringen kann.«

Taro nickte erstaunt.

Der Junge, er hieß Peter, oder so ähnlich, fuhr fort. »Auf unserer Schule gibt es fast nur Multimillionäre, mit Ausnahme der wenigen Stipendiaten, die jedes Jahr zum Zwecke interkulturellen Austauschs eingeladen werden. Reiche Eltern sind jedoch sehr eigenwillig und mischen sich gerne überall ein. Die Lehrer haben daher beschlossen, dass man das Risiko, von den Eltern verklagt zu werden, nicht eingehen sollte. Deswegen ist es jedem Schüler freigestellt, ob er zum Unterricht gehen will oder nicht. Wer nicht zum regulären Unterricht will, kommt in diese Klasse. Oder er wird, wenn Ivan ihn beim Schwänzen erwischt, persönlich hierher eskortiert.«

Taro schwirrte der Kopf von der langen Erklärung. Als der Junge fertig war, hatte er schon wieder den Anfang vergessen. *Seine durchschnittliche Erscheinung machte es aber auch einfach zu schwer, sich auf das Gesagte zu konzentrieren!*

»Aber was rede ich über die unwichtige Schwänzer-Klasse! Du willst bestimmt noch viel mehr wissen!«

Taro fühlte sich wie im Tutorial-Modus eines Videospiels. Vor seinem inneren Auge erschienen drei Auswahlmöglichkeiten, hinter denen sich wahrscheinlich ebenso lange Erklärungen befanden. Er entschied sich dazu, den Jungen nach dem Clubsystem der Schule zu fragen.

»Der Aufbau eines Clubs«, begann sein Gegenüber, »richtet sich nach dem Budget der jeweiligen Schülergruppe. Es ist jedem freigestellt, einen Club zu gründen, sofern er zwei weitere Mitglieder bei sich hat und die monatliche Pacht für eine der vielen Blockhütten im Schulwald entrichtet. An unserer Schule gibt es deswegen sehr viele Clubs, die sich mit den unterschiedlichsten Dingen befassen. Vielleicht entdeckst du deine Vorliebe für Imkerei? Viehzucht und Aquakultur? Gemüseanbau? Wie wäre es mit Bootsbau nach Wikinger-Art? Oder steckt in dir doch ein zukünftiges Mitglied des schreienden Männerchors?«

Taro hielt sich die Ohren zu. Der Junge redete und redete. Leider war er selbst zu freundlich und brachte es deshalb nicht über sich, ihn zu unterbrechen. Als er endlich aufhörte von Lenkdrachenduellen, Eishockey und Rennrädern zu reden, fiel Taro endlich ein, wonach er ihn fragen wollte: »Wo ist denn dieser Ivan immer am Nachmittag?«

Der Junge lächelte freundlich. »Ivan findest du meistens in der großen Blockhütte am nördlichen Rand des Schulwaldes. Die ist kaum zu übersehen, bei dem hohen Bretterzaun, der das Grundstück umringt. Heute müsste er sogar den Russischen Freitag leiten. Dort drüben, im Spa-Club.«

Zum vierten Mal an diesem Tag stieß Taro einen erstickten Schrei aus. »Ivan ist im … Super-Club?« Ivans Bild begann sich vor seinem inneren Auge zu ändern. Aus dem gruseligen, etwas wortkargen Jungen, wurde plötzlich das Bild eines coolen Superhelden, der in der Schule für Recht und Ordnung sorgte. Taros Herzschlag beschleunigte sich. »Ivan ist ein Superheld, wie schön!«

Taros durchschnittlicher Gesprächspartner winkte ab. »Nein, nicht Super-Club! Es heißt …«

»PETER! Sofort mitkommen!« Ein breitschultriger, großer Schüler mit Bürstenschnitt stand in der Tür und würgte die Erklärung ab. Er hatte die Hände in die Hüften gestemmt und tappte nervös mit dem Fuß.

Peter klatschte erneut in die Hände und nickte leicht. Seine durchschnittlichen Augen sahen Taro voller Bedauern an. »Tut mir leid, ich muss weg.«

»PETER! Beeil dich mal! Du hast gesagt, dass du mir dabei hilfst, dieses verdammte BOLLY-Regal aufzubauen!« Die braunen Augen des Störenfriedes waren blutunterlaufen. An seiner Schläfe trat eine Ader hervor. Dann kam er auf sie zu. Jeder seiner Schritte ließ die Erde erzittern. Während er Peter am Kragen packte, schnaufte er laut und angestrengt.

Taro vergaß augenblicklich, was er noch fragen wollte. Der offensichtlich gestresste Eindringling schleifte Peter mit sich, der nur freundlich lächelnd zum Abschied winkte und sagte: »Spa-Club. Nicht Super-Club.« Im nächsten Moment stürmten die beiden aus dem Klassenzimmer.

Taro zuckte mit den Schultern und packte sein Wörterbuch ein. In dem Moment, als die beiden die Klasse verlassen hatten, hatte er auch schon wieder vergessen, mit wem er überhaupt geredet hatte. Er erinnerte sich nur noch dunkel daran, dass Ivan ein Superheld war, der nach der Schule in der großen Blockhütte mit dem Zaun zu finden war. Er grinste. »Wenn Ivan ein Superheld ist, kann er gar kein schlechter Mensch sein! Bestimmt gibt er mir meine Flasche wieder, wenn ich ihn nachher ganz lieb darum bitte!«

***

Der elektrische Saunaofen gab ein leises Knacken von sich. Wohlige Wärme stieg von den heißen Steinen empor. Die Luft war erfüllt vom Holzduft der Sauna.

Der hispanische Junge, der am Morgen noch unter seinem Torten-Almanach geschlafen hatte, versteckte sein Gesicht nun unter einem Cowboyhut aus Filz und döste leise vor sich hin. Wie es sich in der Sauna gehörte, war er unbekleidet. Man konnte erkennen, dass er viel Wert auf Sport und sein Äußeres legte. Seine gebräunte Haut war glatt und makellos. Schweißperlen sammelten sich auf seinen gestählten Brust- und Bauchmuskeln und tropften auf das gelbe Badetuch, das er auf der obersten Holzbank ausgebreitet hatte. Er seufzte zufrieden und wischte sich über die Stirn, bevor er erneut in tiefer Entspannung versank.

Mit ihm waren noch zwei andere Jungen in der Sauna. Es waren der zarte, sommersprossige Junge, der am Morgen in seine Stickarbeit vertieft war, und ein großer, hagerer Blonder, dem das lange, glatte Haar tief ins Gesicht fiel. Beide saßen auf der mittleren Bank und beobachteten in stillem Einverständnis den Saunaofen in der Ecke des Raumes, über dem sich die heiße Luft kräuselte. Hin und wieder stieß der blonde Junge einen übertriebenen Seufzer aus und warf dem rotblonden Jungen einen angestrengten Blick zu. Zu Beginn ignorierte dieser noch das leise Wimmern und starrte stattdessen auf eine der fünf Sanduhren, die neben der Holztür hingen. Als das Seufzen aber nach drei Minuten nicht enden wollte, sog er scharf die Luft ein, rollte die Augen und sagte genervt: »Bevor du noch zehn weitere Minuten vor dich hin jammerst, solltest du es ausspucken, Tauno.«

Tauno wischte sich über die Stirn und begann mit überspitzt leidender Stimme zu sprechen: »Ach, mein lieber Freund, mein lieber Anders, es ist tragisch! Kennst du das Gefühl, wenn man ein riesiger Fan einer Serie ist? Man fiebert in Staffel eins mit und feiert Staffel zwei.« Er begann wie wild zu gestikulieren.

Auf der oberen Bank richtete sich der große Hispanier auf, gähnte herzhaft und rückte den Cowboyhut zurecht.

»Doch wenn nach einer zweijährigen Pause endlich die dritte Staffel auf *Nerdflakes* veröffentlicht wird und man sich extra frei nimmt, um alle Episoden am Stück zu schauen, wird man enttäuscht.« Ein dramatischer Augenaufschlag aus blauen Augen erfolgte.

Anders hob kritisch eine Augenbraue, um etwas zu entgegnen, doch entschloss er sich dem Monolog seines Banknachbarn weiter zuzuhören. Er rümpfte die sommersprossige Nase und wartete darauf, dass der Redeschwall abebbte.

»Man denkt sich noch, dass es vielleicht beim zweiten Mal anschauen besser werden würde. Doch es wird schlimmer und schlimmer, bis man sich fragt, warum man diese Serie überhaupt gemocht hat.« Er seufzte erneut und strich sich eine schweißfeuchte, blonde Haarsträhne hinters Ohr. »Und schließlich kommt der Moment, in dem man sich am liebsten hinsetzen würde, um eine eigene Geschichte zu schreiben, nur um diese schrecklichen Bilder wieder aus seinem Kopf zu bekommen. Habe ich nicht recht, Anders?« Er war so nah an Anders heran gerutscht, dass sie sich fast berührten und starrte ihn mit großen Augen an. Sofern man von Augen sprechen konnte. Tauno hatte nämlich die Angewohnheit seinen Pony so lang zu tragen, dass sein rechtes Auge stets bedeckt war. Man munkelte sogar, dass Tauno gar kein rechtes Auge hatte, sondern ein schwarzes Loch, das jeden, der es erblickte, in eine andere Dimension ziehen würde.

Anders Schultern, die ebenfalls über und über mit Sommersprossen bedeckt waren, verkrampften sich. »N… Nein«, würgte er ihn ab, »dieses Gefühl hatte ich noch nie.« Er rutschte ein paar Zentimeter von ihm weg und blickte erneut auf die Saunauhr. Es waren gerade einmal fünf Minuten vergangen, seitdem er die Kabine betreten hatte, doch Taunos ungebremster Wortschwall weckte ihn ihm einen Fluchtreflex, den er kaum unterdrücken konnte.

»Aber stell dir mal vor, du schreibst diese Geschichte, die total anders und überhaupt kein Plagiat ist und die ist so gut, dass sie berühmt wird. So berühmt, dass sie irgendwann sogar die süße Schauspielerin aus der ursprünglichen Serie liest. Und weißt du, was dann passieren wird?«

Anders wollte noch weiter zur Seite rutschen, doch die Bank war zu Ende und die Holzwand der Sauna begann.

Tauno griff seine Hand und hielt sie sich an die schweißnasse Brust. Er grinste debil im Saunafieber vor sich hin. »Sie wird mich ansehen und sagen: *Oh,*

Tauno, du bist ein großartiger Schriftsteller! Von nun an werde ich in jeder deiner Geschichten die Hauptrolle spielen! Schlussendlich werden wir heiraten, ein Haus bauen und zwei Kinder haben.« Er begann zu lachen. Das Bild in seinem Kopf war perfekt. Er konnte sich bereits vorstellen, wie sie jeden Sonntag gemeinsam am Frühstückstisch saßen und selbst gemachte Pfannkuchen mit Marmelade und Ahornsirup aßen.

Anders verwandelte sich in diesem Moment in seine Angebetete, der er eine zweite Tasse Kaffee einschenkte. Er streckte seine Hand aus, um ihr Haar zu streicheln und sie zu küssen, doch Anders duckte sich weg und krabbelte über die untere Bankreihe an ihm vorbei. Die plötzliche Anstrengung hatte ihn puterrot werden lassen. Er atmete schwer und kauerte sich in der anderen Ecke der Sauna zusammen.

Tauno seufzte melodramatisch, als das Bild in seinem Kopf verblasste. »Und weißt du, wie unsere beiden Kinder heißen werden?«

»Feucht und heiß! Zeit für den russischen Aufguss!«

»Ja, genau, feucht und heiß! Feucht und … hä?«

Ivan hatte mitsamt Zuber und Schöpfkelle die Sauna betreten. Wie die anderen drei hatte auch er nur ein Handtuch dabei, das er sich um die Hüfte geschlungen hatte. Ohne Kleidung vor dem dunklen Holz der Sauna wirkte er sogar noch blasser und unwirklicher, und das, obwohl die Hitze augenblicklich rote Flecken auf seiner pigmentlosen Haut zum Vorschein brachte.

Anders Schultern entspannten sich. Ivans plötzliches Auftreten hatte Taunos Gedankenreise unterbrochen. Nun konnte er wieder ungestört die wohlige Wärme der Sauna genießen.

Ivan räusperte sich und nickte den drei Anwesenden wie ein würdevoller Zeremonienmeister zu. »Meine Herren! Vielen Dank, dass Sie heute so zahlreich erschienen sind!« Er versuchte seriös zu wirken, doch der russische Saunahut auf seinem Kopf ließ ihn wie einen Wichtel wirken.

Tauno versuchte, sich das Lachen zu verkneifen.

»Ey, Ruhe auf den billigen Plätzen!« Ivan errötete. »Wie ihr wisst, führe ich im Rahmen des Schülerrates hin und wieder Taschenkontrollen durch, damit kein Schüler auf dem Schulgelände Alkohol konsumiert.« Er stellte den mit Wasser gefüllten Zuber auf den Rand des Saunaofens. »Und wie ihr auch wisst, werden besonders edle Tropfen einmal im Monat von mir im Rahmen des russischen Aufgusses vernichtet.«

Während Anders und Tauno ihre Aufregung nicht verbergen konnten, schien John, der Junge in der obersten Reihe erneut einzudösen.

Ivan lachte gekünstelt. »Heute früh ist mir doch tatsächlich ein Glücksgriff gelungen.« Er legte die Hand auf die Krempe des aus Filz bestehenden Militärhutes. »Ich präsentiere … eine Flasche Sake!«

Als er die kleine Flasche unter seinem Hut offenbarte, applaudierten die drei Jungen erfreut. Ivan nahm die Flasche und schüttelte sie einmal kräftig.

(Entschuldigung! Würdest du das bitte unterlassen? Mir wird schlecht!)

Sofort breitete sich ein Regenbogen im Glas aus.
»Wow!«, staunte Tauno. »Die Japaner sind echt irre! Was haben die da für krasses Zeug hineingemischt?«
Anders zuckte unbeeindruckt mit den Schultern. »Ist in Japan nicht vieles etwas schriller und bunter?«
John hatte sich inzwischen aufgerichtet. Er nickte, nahm die Flasche an sich und entkorkte sie. Doch nachdem er einen tiefen Atemzug genommen hatte, musste er husten. »Wow, das stinkt schlimmer als echter Mezcal!«
Tauno nahm ihm die Flasche ab. »Ich weiß nicht, für mich riecht das eher metallisch.«
Anders kräuselte die Stirn und roch ebenfalls daran. »Fichtennadel-Aroma.«

(Würdet ihr Perversen bitte aufhören an mir zu riechen? Das gehört sich nicht!)

Ivan klickte mit der Zunge und nahm die Flasche wieder an sich. »Alkohol ist Alkohol. Auch wenn der hier etwas erdig riecht. Ich bin Russe, ich rieche Alkohol auf zehn Kilometer Entfernung!« Zum Beweis nahm er einen kleinen Schluck. Doch anstatt es zu genießen, schüttelte er sich und verzog das Gesicht. »Buäh, ist das ekelhaft! Schnell in den Aufguss damit. Igitt!«

(Bist du wahnsinnig? Du kannst doch nicht einfach von mir trinken?)

Als er gerade anfangen wollte den Flascheninhalt in den Saunazuber zu träufeln, riss jemand die Holztür auf. Mit einem frischen Wind betrat Taro Yamada komplett bekleidet die Sauna, holte tief Luft, verbeugte sich und rief: »Bitte lasst mich dem Super-Club beitreten!«

Ivan rutschte die Flasche aus der Hand.

(Hilfe! Hilfe! Ich will nicht sterben!)

Zischend ergoss sich der Inhalt über die heißen Steine. Während Ivan noch »Ups« sagte und sich die regenbogenfarbene Wolke in der gesamten Sauna ausbreitete, schüttelte Anders nur mit dem Kopf: »Normalerweise duscht man vorher und betritt die Sauna nackt.«

Tauno nickte unbeeindruckt. »Ach, und übrigens, das heißt nicht Super-Club, sondern Spa-Club. Spaß mit Wellness eben.«

Im nächsten Augenblick begannen alle zu röcheln und zu husten, als gäbe es kein Morgen.

***

Schweißgebadet musste Taro mit ansehen, wie das wertvolle Geschenk seines Vaters bis auf den letzten Tropfen verdampfte. Ihm war zum Heulen zumute. Mit Tränen in den Augen schnappte er sich die leere Flasche und presste sie an sich. »Ihr Barbaren! Das war so gemein von euch!«

(Könnt ihr euer persönliches Drama jetzt mal zurückfahren und mir zuhören? Hallo?)

Ivan war inzwischen krebsrot geworden und hatte es sich auf der untersten Stufe der Saunabank bequem gemacht. »Hä?«, er verschränkte die Arme. »Wenn einer von uns barbarisch ist, dann du, Scheißerchen!« Schweiß tropfte ihm vom Kinn.

Hinter ihm begann der klatschnasse Anders bedrohlich zu schwanken.

»Du willst also dem Spa-Club beitreten?« John lächelte freundlich, schlang sich sein Handtuch um die Hüften und kletterte von der Bank herab.

Als er sich neben ihn stellte, wurde Taro etwas mulmig zumute, denn John war groß und kräftig gebaut. Besonders beeindruckte ihn, dass seine Augenbrauen noch dicker waren als seine eigenen.

(Holleri-di-dudl-jö!)

»J… Ja«, druckste Taro herum.

John tätschelte ihm den Kopf und deutete auf die Tür. »In dem Fall würde ich sagen, dass du dich erst einmal mit den Grundregeln der Sauna-Etikette vertraut machst.«

Taro spannte sich an. »Zu Befehl!«

(Wir haben leider keine Zeit für solche Späßchen! Es eilt!)

»Ausziehen, duschen und abtrocknen!«, sagte John. Er wollte ihm die Tür öffnen, doch es klappte nicht. Stattdessen hielt er verdutzt den losen Türgriff in der Hand. Ein Ächzen ging durch die Sauna.

(Raus verdammt noch mal, alle raus!)

Die fünf Jungen sahen sich irritiert um.

»Habt ihr das gerade auch gehört?« Tauno rieb sich grübelnd das Kinn.

»Meinst du dieses seltsame Knirschen, als würde gerade die ganze Hütte zusammenbrechen, oder die Stimme in meinem Kopf?« Anders wurde ganz blass um die Nase.

»Sagt bloß, ich bin nicht der Einzige, der diesen keifenden Choleriker hört?« John legte den Kopf schief und pulte mit einem Finger im Ohr.

(Endlich hört mich mal jemand! Schnell raus, sonst seid ihr gleich Mus!)

»Mus? Was ist Mus?« Taro verstand es nicht recht.

»Matsch. Marmelade. Teewurst. Rügenwalder.« Ivan zog den Saunahut tiefer ins Gesicht. »Raus hier. RAUS!« Mit Anlauf sprang er gegen die Holztür. Es gab einen ohrenbetäubenden Knall, als diese in ihre Einzelteile zersplitterte.

Just in dem Moment, als sich die anderen von den Bänken erhoben hatten, fielen auch diese auseinander.

Taro nahm die Beine in die Hände und rannte. Rannte so schnell er konnte durch den rutschigen Duschraum, hinaus in den geräumigen Clubraum, bis hin zur Tür der Blockhütte, um sich dort mit einem Hechtsprung ins Freie zu retten. Die Kälte stach auf ihn ein wie tausend Nadelstiche und er konnte sich kaum ausmalen, wie es den vier anderen gehen musste, die lediglich mit einem Handtuch bekleidet waren. Schnee verfing sich in seinem Kragen und rann kalt seinen Nacken hinab. Er machte eine Rolle vorwärts und fühlte, wie Tauno und Anders über ihn stürzten.

Hinter ihnen gab die Blockhütte im letzten Todeskampf ein grauenvolles Ächzen von sich, bis sie schließlich in sich zusammenstürzte.

Ivan war der erste, der sich wieder hochrappelte. Von seinem nackten Körper stiegen heiße Dampfwolken auf. Er klopfte sich den Schnee von den Schultern und zog die Nase hoch. »Ich will nicht sagen, dass es kalt ist, aber es ist arschkalt.« Ein eisiger Windhauch wehte sein Handtuch weg. *Ja, er war Ivan. Cool und unnahbar. Er würde sich nichts anmerken lassen.* »Hatschi!«

Verwirrt und ratlos starrten die Fünf auf den kläglichen Schutthaufen, der einmal eine Blockhütte gewesen war. Auch der hohe Bretterzaun, der im Sommer als Sichtschutz fungierte, wenn sie sich nach einem Saunagang im Freien ausruhten, war zusammengefallen wie Dominosteine.

»Man könnte fast meinen, es gäbe einen kausalen Zusammenhang zwischen dem Auftreten dieses Austauschschülers und dem Zusammenbrechen der Hütte.« Tauno beugte sich nach vorne und starrte Taro mit diebischen Grinsen an.

Taro machte vor Schreck einen Satz zurück. »Ich weiß von nichts, tut mir leid!« Er verbeugte sich hektisch.

(Aufgepasst! In Deckung!)

Der Wind schwoll an. Er wurde stärker und stärker, bis er sich schließlich in ein Dröhnen verwandelte. Im nächsten Augenblick schoss ein Düsenjet, der nicht größer als ein Kleinwagen war, wie ein silberner Blitz auf die Jungen herab und trieb eine Schneise zwischen sie.

John packte Taro und zog ihn zur Seite, gerade noch rechtzeitig, bevor ihm der Düsenjet eine neue Frisur verpassen konnte. Erneut kroch der Schnee in Taros schweißnasse Kleidung. Doch er war zu aufgeregt, um darüber nachzudenken, ob es hier ebenso gute Erkältungstabletten gab wie in Japan, oder er demnächst qualvoll an Männergrippe verenden musste. Was gerade passierte, kam ihm seltsam bekannt vor.

Er hatte es schon oft im Fernsehen gesehen: Fünf ganz normale Schüler standen an einem ganz normalen Tag plötzlich einer ganz und gar nicht normalen finsteren Bedrohung gegenüber. Sie wurden angegriffen – das Monster schoss erneut über sie hinweg – und nun fehlte eigentlich nur noch ein niedliches Maskottchen, welches ihnen offenbarte, dass sie zu den Auserwählten gehörten, die für Liebe und Gerechtigkeit in den Kampf ziehen sollten. Entschlossen stand Taro auf und blickte sich um. *Wo? Wo? Wo? Irgendwo musste doch ein zauberhaftes Leuchten sein!*

Erneut setzte der Düsenflieger zu einer Attacke an.

Die anderen vier kauerten frierend im Schnee und versuchten sich einzureden, dass sie alle nur zu lange in der Sauna gesessen waren und die schmerzhaften Eiszapfen nur in ihrem Kopf existierten. Besonders Tauno hatte ein verklärtes Lächeln auf den Lippen.

Wild entschlossen breitete Taro die Arme aus. Sein Bauch grummelte, doch war es positive Aufregung, die von ihm Besitz ergriffen hatte. Das Monster kam direkt auf ihn zugeschossen. Nun konnte er auch erkennen, dass ein kleiner Elf im Cockpit des Düsenjet mit der Nummer E 174 saß, auf dessen Tragflächen zwei große Magneten angebracht waren.

Die Augen des Elfs funkelten wütend, fast schon besessen, als er Taro ins Visier nahm und seinen Magnetstrahl auf ihn ausrichtete. »Gib sie her!« rief er. »Gib sie alle her!«

Taro rückte seine Brille zurecht und spannte die Schultern an. Der Moment war gekommen. Nun würde er endlich ein Held werden. »Shibaraku!«, brüllte er gegen das Heulen der Turbinen an. »Sofort aufhören!« Doch das Monster schoss direkt auf ihn zu. Er konnte spüren, wie ihn der Magnetstrahl durchbohrte und ihn bewegungsunfähig machte. Während die anderen entsetzt aufschrien und er langsam, fast wie in Zeitlupe zu Boden fiel, formte sein letzter Atemzug einen einzigen Gedanken: »Ich wünsche mir, dass wir Superhelden werden.«

...

...

(Dein Wunsch ist mir Befehl!)

Das Licht am Ende des Tunnels wurde zu einem Fernsehstudio. Als Taros Augen sich an die hellen Scheinwerfer gewöhnt hatten, wurde ihm schlagartig bewusst, dass er und die vier anderen Jungen nicht nur frisch gekleidet waren, sondern sich auch noch an einem anderen, ihm unbekannten Ort befanden. Er hob seine Brille an und rieb sich die Augen. »Sind wir tot?«

Eine Gestalt in der Mitte des Raumes waberte kopfschüttelnd hin und her.

Tauno hob kritisch eine Augenbraue und blickte sich um. »Aber wie kann das sein, dass wir eben noch nackt vor der Sauna standen und von einem Monster angegriffen wurden, und jetzt hier sind? Das ergibt alles keinen Sinn!«

»Und ob!« Die Scheinwerfer richteten sich auf den Mittelpunkt des Raumes und offenbarten ein Wesen, welches wie ein Wassertropfen in der Luft schwebte. Strenge Augen blickten die fünf Jungen an. Das Wesen bestand eigentlich nur aus einem Kopf mit zwei Augen, Mund und Haarlocke, sowie einer langen Geißel.

Ivan musste sich ein Lachen verkneifen. »Du siehst aus wie ein Sper...«

»Keinen Kommentar über mein Aussehen! Das ist alles, was noch von mir übrig geblieben ist, nachdem ihr Idioten einen Aufguss aus mir gemacht habt!«

Fünf Augenpaare starrten den Wassergeist perplex an.

Das Wesen räusperte sich. »Es gibt für alles eine plausible Erklärung, aber lasst es mich kurz fassen: ich heiße Blob und ich bin ein Flaschengeist. Gerade befinden wir uns in einer Falte des Raum-Zeit-Kontinuums, welche ich erschaffen habe, um Taros Wunsch zu erfüllen.«

Taro jauchzte vergnügt. »Heißt das, wir werden Superhelden?«

Anders schüttelte den Kopf. »Ich habe aber keine Lust in Spandex und Cape Monster zu verprügeln.«

John stimmte ihm zu. »Eigentlich will ich bloß unsere Hütte und meine Küche wieder haben. Ich habe noch einen Kuchen im Ofen.«

Blob grinste, sofern es einem Wassertropfen überhaupt möglich war einen Gesichtsausdruck zu haben. Er drehte sich mehrmals um die eigene Achse, bis sich schließlich fünf Luken im Boden öffneten und fünf Bildschirme nach oben fuhren.

Taros Augen leuchteten vor Vorfreude. Er klatschte in die Hände. Seine Füße wippten unruhig auf und ab.

Aus unbekannten Boxen wurde plötzlich ein fröhliches Lied gespielt. »Herzlich Willkommen beim Superhelden-Purikura, meine lieben Auserwählten!«

»Purikura!« Taro wusste sofort, was Blob gemeint hatte, und griff nach einem Stift, welcher am Rand des Bildschirms befestigt war. »Purikura!«

»Was bitte ist Purikura?« Tauno tat es ihm gleich und nahm ebenfalls den Stift zur Hand.

»Irgendein fernöstliches Technikspielzeugding.« Anders zuckte mit den Schultern und betrachtete den Bildschirm.

Während seltsame Schriftzeichen erschienen, die nur Taro lesen konnte, ertönte eine Fanfare. »Herzlich Willkommen im Do-It-Yourself Superhelden-Generator. Bitte scannen Sie zuerst ihren Fingerabdruck und unterschreiben Sie die Datenschutzerklärung.«

Bis auf Taro füllte jeder das Formular blind aus.

Blob schwebte von einem zum anderen und fügte hinzu: »Oh, die Übersetzung ist falsch. Das war die Einverständniserklärung für Heldenaktivitäten und ein Verzicht auf Schadensanspruch im Fall von körperlichen und seelischen Schäden, die durch diese unentgeltliche Arbeit entstehen.«

»Bitte was?«, platzte es aus Tauno hinaus.

»Wer liest überhaupt die Datenschutzerklärung?«, schmollte John.

»Nicht lamentieren, schnell reagieren!«, trieb Blob sie an. »Vielleicht ist es euch noch nicht aufgefallen, aber oben am rechten Rand läuft schon die ganze Zeit ein Countdown. Ihr habt noch 60 Sekunden, um euer Outfit und eure Kräfte zu konfigurieren. Wenn ihr bis dahin nicht fertig seid, fällt diese Tasche im Raum-Zeit-Kontinuum in sich zusammen und ihr werdet von dem Monster pulverisiert. Oh, tut mir leid, jetzt sind es dank meiner Erklärung nur noch 45 Sekunden! Schnell!«

45:00

Taro fühlte sich wie im siebten Himmel. Er kannte Purikura-Automaten bereits aus den Spielhallen im heimischen Kyoto. Hin und wieder hatte er mit seinen großen Schwestern diese Foto-Automaten besucht und anschließend die gemeinsamen Bilder mit Stickern und Effekten verziert. Schritt für Schritt klickte er sich durch das Menü, fügte Schuhe, Rüstung und Verzierungen hinzu und bestätigte seine Auswahl schließlich, indem er sich einen Heldennamen gab: »Sakura! Ich nenne mich Sakura! Wie meine liebste Heldin aus dem Fernsehen!«

Anders hingegen stand der Schweiß auf der Stirn. Die möglichen Varianten wirkten alle unpassend und altbacken, sodass es ihm schwerfiel, sich für ein Outfit zu entscheiden. »Warum kann man nur eine Farbe auswählen? Das ist absolut langweilig und widerspricht jeglichem Sinn für Ästhetik!« Schweren Herzens entschied er sich für die Farbe Cyan und den Heldennamen »Spruce«.

Als er seine Auswahl bestätigt hatte, protestierte John. »Hey, das ist unfair! Ich wollte Blau haben!«

Blob schwebte zu ihm und blickte über seine Schulter. »Es tut mir sehr leid, aber jeder muss eine andere Grundfarbe haben, um die Verwechslungsgefahr gering zu halten. Übrigens, einen schicken Cowboyhut hast du dir ausgesucht!«

John nickte stolz und färbte seine Kleidung gelb ein. »So wahr ich Amerikaner bin und John Doe heiße, werde ich im Namen meiner Heimat kämpfen. Ich nenne mich ... Captain America!« Ein großes X erschien auf dem Bildschirm. Zähneknirschend tippte John das Wort »Mezcal« ein und bestätigte die Auswahl.

Zu seiner rechten lachte Tauno hysterisch. »Fantastisch! Einfach fan-tas-tisch!« Er nahm den Stift und färbte so viele Teile wie möglich schwarz ein. »Und ich heiße natürlich ... Metal!«

Am anderen Ende fluchte und zeterte Ivan. »Verdammte Scheiße, der Kontrast ist viel zu hoch eingestellt!« Er kniff die Augen zusammen und versuchte auf dem Bildschirm etwas zu erkennen, doch die durch seinen Albinismus bedingte Sehschwäche machte die Auswahl schier unmöglich. »Scheiße Mann, ich brauche meine Brille! Fuck, nur noch 10 Sekunden, fuck!« Ein Adrenalinstoß jagte den nächsten. Sein Herz pochte wie wild. Er nahm einen tiefen Atemzug und kniff erneut die Augen zusammen. »Okay, Heimatland, Russland. Name ...«, das Menü verblasste. »Ey Mann, ich habe mir noch nicht einmal eine Farbe ausgesucht! Ist das etwa fair gegenüber Menschen mit Handicap?« Seine nächsten Worte wurden durch einen magischen Piepton ausgeblendet, da sie gegen die Superhelden-Etikette verstießen.

Langsam fuhren die Bildschirme wieder in den Boden zurück und die Luken schlossen sich. Stattdessen öffnete sich die mittlere Konsole und offenbarte eine große silberne Sphäre.

»Ist nicht wahr, die Zauberkugel aus dem Fernsehen!« Taros Augen versprühten Sterne der Euphorie.

Anders fasste sich an die Stirn. »Kann ich bitte endlich aus diesem Albtraum aufwachen? Das ist noch schlimmer als Tauno nach einem langen Wochenende zuhören zu müssen, was er alles gemacht hat!«

»Hey!«, entgegnete Tauno entrüstet und schmollte theatralisch. »Ich dachte, du bist mein bester Freund, Anders!«

Blob zischte an ihnen vorbei und öffnete das Zaubertor. »Klärt eure Beziehungsprobleme später! Los, geht da durch und verwandelt euch!« Im nächsten Moment war er auch schon in einem Strudel aus Licht verschwunden.

Taro grinste vergnügt. »Jetzt werden wir alle Superhelden! Hurra!« Mit einem Hechtsprung folgte er Blob ins Licht. Er erwartete Glitzer. Einen Sternenregen. Zumindest Blütenblätter. Doch stattdessen fiel er auf der anderen Seite der Zauberkugel unsanft auf den Boden. »Autsch!« Tauno, Anders, John und Ivan landeten ein weiteres Mal an diesem Tag auf ihm. Taro rutschte die Brille von der Nase.

»Wow!«, sagte Ivan und sah sich um. Zum ersten Mal in seinem Leben konnte er seine Umwelt scharf sehen. Irritiert blinzelte er und blickte anschließend an sich herab. Er trug eine weiße Hose in kniehohen Lederstiefeln, einen kurzen Mantel mit breitem Gürtel und Harnisch, sowie Schulterklappen, die mit einem großen Diamanten verziert waren. Sein Kopf wurde von einem Fellhut gewärmt. Er grinste schief. »Ich bin offenbar ein russischer Kosak geworden.«

Auch die anderen betrachteten irritiert ihre Kleidung. Während John als bauchfreier Cowboy mit gelben Farbakzenten wie ein Stripper auf der letzten Faschingsparty herumlief, wirkte Anders im cyanblauen dänischen Trachtenanzug höchst elegant.

Taro hatte nun endlich seine Brille, deren Gestell im Zuge der Verwandlung magentafarben geworden war, wiedergefunden, und freute sich über sein traditionell japanisches Outfit mit Elementen der Shinsengumi.

Als Ivan jedoch Tauno sah, platzte er fast vor Lachen. »Hallo, Legolas.«

»Hallo, weißer Wanderer«, antwortete Tauno trocken. Ein paar Strähnen seines langen blonden Haares waren zu Zöpfen geflochten, die am Hinterkopf von einer sechseckigen Silberbrosche zusammengehalten wurden, in die ein Onyx eingefasst war. Tauno ertrug seine Zöpfe, die schwarzen Haarsträhnen im Unterhaar und die lappländische Tracht mit den nach oben gebogenen Schuhspitzen mit Fassung. Doch dass ihnen allen spitze Ohren gewachsen waren, verwunderte ihn sehr.

Blob zuckte mit den nicht vorhandenen Schultern. »Kleiner Bonus aus der Welt der Flaschengeister. Und sorry, dass die obligatorische Verwandlung gefehlt hat, aber dafür hat die Zeit nicht mehr gereicht.« Blob imitierte eine Verbeugung und wollte den Jungen die Grundsätze des magischen Kampfes erklären, doch bevor er auch nur einen Ton von sich geben konnte, rauschte der Mikro-Düsenjet erneut heran und zerstob seinen Körper in tausend Wassertropfen.

»Blob, nein!« Taro brach das Herz. Nur wenige Minuten, nachdem er von einem vielleicht nicht sehr niedlichen, sondern eher etwas ekligen Maskottchen zu einem Superhelden gemacht worden war, wurde dieses vor seinen Augen vernichtet. Mit übertriebener Dramatik fiel er auf die Knie. Seine Welt wurde grau und kalt. Mit Blob war ein Teil von ihm gestorben, ein Teil, so groß und wichtig, dass er bereits jetzt wusste, dass sein Leben nie wieder wie vorher sein würde. »Blob!« Tränen kullerten seine Wangen hinab. Während der Düsenjet noch über ihnen kreiste, beweinte Taro die klägliche Wasserpfütze, die von seinem neuen, besten Freund übrig geblieben war. Er war tot. Vergangen. Hatte ein sinnloses Opfer gebracht, nur um sie zu beschützen.

...

So zumindest schien es. Während Taro noch vor Trauer und Mitleid am Boden zerstört war, begann sich die Wasseroberfläche zu kräuseln. Die Wassertropfen flossen wieder zusammen, bildeten einen blubbernden Haufen und formierten sich schließlich erneut zu einem durchsichtigen Sper..., äh, einer durchsichtigen Kaulquappe. »Hey! Das war sehr unfreundlich! Ich war noch nicht fertig!«

Taro wischte sich die Tränen von den Wangen. »Blob! Mein lieber Blob! Ich bin so froh!« Er schniefte erneut, riss sich aber zusammen. »Dafür haben wir keine Zeit!« Er nickte fest entschlossen und blickte sich hastig um. In der Nähe stand eine hölzerne Campingtisch-Garnitur, die förmlich danach schrie für einen epischen Auftritt verwendet zu werden. Er sprang auf. »Mir nach!«

Ivan schürzte die Lippen. »Wer hat dir erlaubt, der Anführer zu sein?«

»Ach, ist unser lieber Ivan etwa traurig, weil unser Kleiner die Initiative ergriffen hat?«, spöttelte Tauno. Er fand Taros Bemühen wirklich niedlich. Vielleicht lag es aber auch an den pinken Klamotten in Übergröße, die ihn besonders süß wirken ließen. Zumindest bis zu jenem Augenblick, in dem Taro wegen seiner Holzsandalen ins Straucheln geriet und mit der Nase voran ein weiteres Mal an diesem Tag im Schnee landete.

»So!«, peinlich berührt klopfte Taro den Schnee ab und sprang auf den Campingtisch. »Nun ist der Moment gekommen!« Er holte tief Luft und starrte in den Himmel.

Der Elf im Düsenjet Nummer E 174 drückte ein paar Knöpfe, worauf die Magneten an den Tragflächen zu rotieren begannen. »Gib sie her!«, rief er erneut wutentbrannt.

»Nein!«, entgegnete Taro. »Ich werde niemals zulassen, dass du weiterhin dein Unwesen treibst!«

Tauno legte grübelnd die Hand an sein Kinn. »Was macht dieses Monster überhaupt? Was ist der Sinn seiner Existenz? Woher kommt es? Und wer ist für diesen Spuk verantwortlich?«, hinterfragte er kritisch die Situation und setzte sich wie ein unbeteiligter Beobachter auf die Camping-Bank. Er wusste, dass er nicht sofort mit Antworten rechnen konnte, kannte er doch zu viele Bücher und Serien, in denen die große Offenbarung erst kurz vor dem dramatischen Finale erfolgte.

Der Elf lachte keckernd. »Und wer bist du, dass du mir vorschreiben willst, was ich tun soll?«

Taro verschränkte die Arme und nickte. »Ich bin Batm…«

»Pass auf!« Der nächste Magnetstrahl steuerte direkt auf die Campingtisch-Garnitur zu. Hätte John Taro nicht erneut voller Heldenmut gepackt und zur Seite gestoßen, wäre es um ihn geschehen gewesen.

Als der Strahl den Tisch und die Bänke erreichte, begannen diese, wie zuvor die Sauna und die Blockhütte, zu ächzen und zu quietschen. Im nächsten Moment wurden sämtliche Nägel und Schrauben aus ihnen gezogen. Die Konstruktion brach in sich zusammen.

»Puh!«, sagte Tauno. »Stell dir mal vor, was passiert wäre, wenn du in diesen magnetischen Strahl geraten wärst. Puff!« Er gestikulierte wie wild. »Alle Eisenpartikel wären mit einem Mal aus deinem Körper gezogen worden. Eine schöne blutrote Fontäne aus einem Schweizer Käse! Puff!«

Taro rappelte sich auf und verbeugte sich mehrmals hastig vor John. »Tut mir leid! Tut mir leid!« Doch im nächsten Moment hatte er sich wieder gefasst. Er machte eine Pose, wie er sie als Kind im Fernsehen gesehen hatte. »Shibaraku! Ich bin Sakura Infuser und ich bin nun ernstlich ein wenig, nein, im Namen des Mo…, nein, Love Shower Sugar Sugar Divine Bu…, nein verdammt, ich werde dich richtig heiß machen und dann abspritzen!«

…

Tauno, John und Ivan klappte die Kinnlade herunter. Anders lief knallrot an.

»Das hat er bestimmt nicht so gemeint. Klarer Fall von Übersetzungsschwierigkeiten«, relativierte Blob.

Der Elf wirkte reichlich unbeeindruckt. »Alle Schrauben und Nägel gehören mir! Niemand soll sie haben! Nimm das!« Er drückte einen großen roten Knopf auf seiner Konsole. Darauf begannen sich die Magneten summend und knisternd in die andere Richtung zu drehen. Alle bisher gesammelten Nägel und Schrauben richteten sich auf Taro alias Sakura Infuser aus. »Und Abflug!«, brüllte der Elf. Wie ein Maschinengewehr feuerte er seine tödlichen Eisengeschosse ab.

Doch Sakura war reichlich unbeeindruckt und stürzte sich munter in den Kugelhagel.

Von seinem Einsatz inspiriert stürmten auch Tauno alias Metal Infuser und John alias Mezcal Infuser voran. Sakura hatte ihnen das Gefühl gegeben, unsterblich zu sein und es mit jedem Gegner aufnehmen zu können. Sie sprangen mit Anlauf in Richtung des Düsenjets, bereit der Schraubenattacke mit ihrem Fäusten den Garaus zu machen.

Anders alias Spruce Infuser und Ivan alias Tundra Infuser beobachteten aus sicherer Entfernung, wie Metal und Mezcal von den Nägeln und Schrauben vermöbelt wurden. »Ah«, sagte Spruce unbeeindruckt. »Ein paar Waffen wären nicht schlecht gewesen.«

Tundra nickte und durchbohrte Blob mit seinem kritischen Blick.

»Oh Mist, ganz vergessen!« Der Wassergeist drehte sich erneut mehrmals um seine eigene Achse. »Wenn alles nicht so stressig gewesen wäre, hätte ich daran gedacht!«

Die Handflächen der Jungen begannen bunt zu leuchten. Metal seufzte und schüttelte sein langes blondes Haar. »Wäre es nicht schön, wenn Blob nur einfach mal Entschuldigung sagen könnte?« Er hob seine zitternde zerschrammte Hand zum Himmel. In seinem Inneren bildeten sich Worte, die er nur schwer unterdrücken konnte. Auch die anderen verspürten den Drang, magische Worte zu sprechen. »Metal Hammer!« Ein großer, kräftiger Hammer erschien in seiner Faust.

»Spruce Scythe!« Eine lange biegsame Sense erstrahlte in hellem Cyanblau.

»Tundra Sabers!« Zwei platinweiße Krummsäbel erschienen in Tundra Infusers bleichen Händen.

»Ich muss mein Recht einfordern, meinen Grund und Boden angemessen zu verteidigen! Mezcal Revolver!« Mezcal Infuser beschwor eine Pistole.

Die anderen drei blickten ihn kritisch an.

»Was denn?«

Sakura Infuser hingegen kicherte wie ein frisch verliebtes Mädchen. »Fantastic Sakurastick!« In einem pinken Energieball erschien ein Zauberstab, an dessen Spitze sich eine geschlossene Kirschblüte befand. Er zwinkerte, machte eine Pirouette und schwang den Stab herum. Als er seine finale Pose einnahm, umwehten ihn Kirschblüten aus Licht, die einen sanften Duft von sich gaben.

Just in dem Moment, als er fertig war, hatte auch der Elf im Düsenjet mit der Nummer E 174 alle Schrauben und Nägel wieder eingesammelt. »Alle zusammen, mir nach!«, rief Sakura angriffslustig.

Der Elf drückte den roten Todesknopf und ein weiteres Mal schossen Nägel und Schrauben auf die Gruppe zu.

Sakura war wild entschlossen, ihn diesmal endgültig in die Flucht zu schlagen. Denn er war ein Held. Beschützer der Schüler des Internats. Ein Ausnahmetalent mit unendlicher Kraft, die aus seiner unendlichen Liebe erwuchs.

...

Dachte er zumindest. Nachdem er die ersten Projektile noch abwehren und ihnen ausweichen konnte, traf ihn eine besonders große Schraube mitten auf die Stirn. »Uwah!« Eine Blutfontäne spritzte in die Höhe.

Metal und Mezcal versuchten ihn zu beschützen, doch auch sie bekamen ein weiteres Mal eine Abreibung.

»Ah«, sagte Spruce unbeeindruckt und zwirbelte eine cyanblau gewordene Ponysträhne. »Offenbar sind unsere Waffen wirkungslos.«

Tundra nickte und verstaute die beiden Krummsäbel in dem Harnisch auf seinem Rücken. »Also werden wir nun sterben.« Er reichte Spruce die Hand und blickte ihn mit würdevoller Ernsthaftigkeit an. »Es war mir eine Ehre, mit Ihnen gedient zu haben.«

»Moment mal!« Blob schlängelte sich dazwischen. »Ich weiß nicht, was ihr erwartet habt, aber es ist doch klar, dass eure Kraft allein davon abhängt, wie viel Farbessenz in euch steckt!«

Sakura hielt sich die blutende Stirn und taumelte interessiert auf den Flaschengeist zu. »Farbessenz?« Fragend hob er eine Augenbraue, worauf das Blut erneut aus seinem Kopf schoss und er sich hinsetzen musste.

Blob blickte vorwurfsvoll zu Tundra. »Ein gewisser Jemand, den ich nicht namentlich nennen möchte, fand es gut, meinen gesamten Körper auf den heißen Steinen zu verdampfen. Ihr habt zwar einen Teil von mir eingeatmet beziehungsweise getrunken, doch der Rest schwirrt weiterhin durch die Luft. Erst, wenn ihr meine Essenz aus den Monstern kondensiert, kann ich wieder an meine ursprünglichen Kraft gelangen und auch euch mehr Kraft geben.«

Spruce erbleichte. »Du bist … in uns drin?«

Tundra spie aus. »Und ich habe dich auch noch getrunken. Ekelhaft!«

Nur Sakura schien die Offenbarung über den etwas unappetitlichen Ursprung ihrer Kräfte nichts auszumachen. »Und was können wir jetzt tun, um genug Kraft für einen Angriff zu haben? Wenn sie doch so niedrig ist?«

Blob senkte den Blick. Sein Wasserkörper schien leicht zu brodeln. »Es gibt eine Sache, die ihr tun könnt.«

»Und die wäre?« Sakura wusste nicht, ob er vor Vorfreude oder vor Schwäche zitterte.

Der Düsenjet flog nun einen großen Kreis um den Schulwald, um auch aus den anderen Blockhütten die Nägel und Schrauben zu entfernen.

Metal und Mezcal stützten sich gegenseitig und schleppten sich erschöpft heran.

Blob machte eine theatralische Pause. »Ihr müsst …« Alle starrten ihn an. Fast wirkte es, als würde sein durchsichtiger Körper erröten.

»Ja?« Sakura ballte die Fäuste. Vor Aufregung – oder eher Blutarmut – wurde ihm schwindlig.

Blob seufzte. »… einem von euch all eure Farbessenz übertragen. Und derjenige muss«, er druckste herum, »mich trinken.«

Tundra unterdrückte ein Würgen, zückte dann aber seine Krummsäbel. »Alles klar.«

Mezcal atmete tief durch, rückte seinen Cowboyhut zurecht und lud seine Waffe. »Kraftübertragung, aha.«

Metal umgriff seinen dicken, starken, schweren Hammer fester. »Dann soll es so sein.«

Spruce nickte und umklammerte seine Sense. »Ein nobles Opfer, welches nur unser Anführer bringen kann.«

In stiller Übereinkunft hatten die vier Jungen entschieden, dass Sakura der Auserwählte war. Der saß noch immer auf dem Boden und blickte verwirrt von einem Gesicht ins andere.

»Seid ihr sicher, dass er es verstanden hat? Irgendwie wirkt er leicht weggetreten.« Blob schwebte um seinen Kopf, doch Sakura reagierte nicht mehr.

Der Elf im Düsenjet mit der Nummer E 174 hatte neue Munition gesammelt und war bereit für einen weiteren Angriff.

»Schnell, bevor er wieder bei Sinnen ist!« Metal hob seinen Hammer und ließ all seine schwarze Farbessenz in ihn fließen. »Wenn man das mit Birkenzweigen macht, soll das ganz gut für die Durchblutung sein!« Der Hammer schnellte auf Sakuras Hinterkopf herab und hinterließ eine Spur schwarzer Energie, die von ihm augenblicklich aufgesogen wurde.

»Bitte verzeih mir!« Spruce schwang seine Sense und schlitzte ihm über den Brustkorb.

Mezcal zielte mit seiner Pistole direkt auf sein Herz. »Gott schütze dich, mein Junge!« Die cyanblaue und gelbe Farbessenz verschmolzen zu grüner Farbe und wurden anschließend ebenfalls absorbiert.

Tundra sog scharf die Luft ein. »Ich überlasse dir ungern den Platz des Hauptcharakters, aber eher trinke ich Pisse, als einen weiteren Schluck von Blob zu nehmen!« Seine Säbel führten einen schnellen Kreuzhieb aus.

»Das fühlt sich gut an!«, lallte Sakura und richtete sich wie von Sinnen auf. Die Wunde an seiner Stirn schloss sich. Mit einem debilen Grinsen sah er zum Himmel.

Im nächsten Moment schnellte Blob empor und schraubte sich elegant wie ein Turmspringer in die Tiefen von Sakuras Rachen.

Der Energieschub war so heftig, dass Sakura erstaunt aufschrie. Sein Körper erstrahlte in gleißendem Licht. In seinen Augen funkelte eine Galaxie aus unendlichen Regenbögen. Sein Atem ging stockend. Die Kraft schien ihn von Innen zu zerreißen.

(Bleib stark, mein Junge!) konnte er Blob in seinen Gedanken hören. (Versuche die Kraft auf die Spitze deines Zauberstabs zu konzentrieren! Ja, gut machst du das! Nein, nicht *diesen* Zauberstab, sondern den in deiner Hand!)

Sakura stürmte schnell wie der Blitz voran und hinterließ dabei Fußabdrücke, die in allen Farben des Regenbogens schillerten.

Während der Düsenflieger erneut zum Tiefflug ansetzte, setzte Sakura zum Dreisprung an.

»Hop!«, rief er angriffslustig.

»Step!« sprach Blob laut mit seiner Stimme und leise in seinem Herzen.

»Jump!«, riefen sie beide im Einklang und machten einen Salto über den Elf im Düsenjet. Als sie genau über ihm schwebten, öffnete sich die Blüte des Zauberstabs mit einem sanften Klingeln und verströmte einen ätherischen Duft. »Rainbow Relax Revolution!«

Ein gleißender Energiestrahl schoss mit geballter Kraft auf den Elf und sein Flugzeug. Als er auf sein Ziel traf, stoben rosafarbene Kirschblüten wie ein Sternschnuppenregen in alle Windrichtungen davon. Das Flugzeug zerfiel zu Asche.

Der Elf quiekte zuerst überrascht, verstummte dann aber und rieb sich verwirrt die Augen, als hätte die Attacke einen Schleier vor seinen Augen gelüftet. Ohne sein Flugobjekt war er machtlos. Er purzelte zu Boden und blieb dort benommen liegen.

Sakura schwebte engelsgleich in einem Kirschblütenwirbel herab und lächelte den Elf, der nicht größer als ein dreijähriges Kind war, voller Güte an. »Sag mir, warum tust du so gemeine Dinge und entfernst alle Schrauben und Nägel? Gibt es keine andere Lösung, um deine Wut herauszulassen?«

Der Elf schüttelte die Verwirrung ab und klopfte sich den Staub von der silbergrauen Pilotenuniform. Er schürzte die Lippen und funkelte ihn beleidigt an. »Du hast doch keine Ahnung! Weißt du, wie es sich anfühlt, wenn man ein BOLLY-Regal aufbaut? Dieser Stress, mit der beknackten Anleitung ein minderwertiges Möbelstück aufzubauen, welches schon ab Werk mit einer beschädigten Verpackung geliefert wird!« Er schniefte leise. »Und dann dieser Moment, in dem man fast fertig ist und einem plötzlich drei Schrauben fehlen. Drei Schrauben! Das ist,« er rang nach Luft, »unfair! Wenn ich es nicht verdient habe, schöne, funktionale Möbel zu haben, soll sie niemand bekommen!« Dicke Tränen kullerten aus seinen Augen.

»Pssst!« Sakura nahm den Elf hoch und drückte ihn wie einen Säugling an sich. »Entspann dich. Es ist alles gut!«

Vor seinem inneren Auge konnte er den gestressten Jungen sehen, der am Mittag ins Klassenzimmer gestürmt gekommen war. Sein Name war Tristan Nothnagel und er ging in die Klasse 11 B. Und bis auf das Missgeschick, dass ihm die Schrauben ausgegangen waren, als er ein paar neue Bücherregale für die Schulbibliothek aufbauen wollte, war er eigentlich ein ganz entspannter und fröhlicher Genosse.

»Tristan«, begann er, »du musst dich nicht stressen.« Der Elf schniefte immer lauter.

»Wenn dir das nächste Mal die Schrauben ausgehen, kannst du doch auch beim Kundenservice anrufen und darum bitten, dass sie dir Ersatz schicken.«

Das Gesicht des Elfs entgleiste.

»Und wenn dir das mit der Warteschleife und dem Versand zu lange dauert, dann kannst du auch in den Baumarkt fahren und dir passenden Ersatz kaufen.«

Er setzte den Elf, der nun ernsthaft an den Gründen für seine Wut zweifelte, behutsam vor sich ab.

»Du hast recht! Warum konnte ich nicht daran denken!« Der Elf wischte seine Tränen ab. »Danke, Sakura Infuser!«

Sakura trat einen Schritt zurück und hob seinen Fantastic Sakurastick zum Himmel. Im nächsten Moment verwandelte er sich in einen Saunazuber mit Schöpfkelle. »Und nun, meine arme gestresste Seele, hast du dir eine Abkühlung verdient! Rainbow Relax Ressurection!«

Ein Schwall Saunaessenz traf den Elf und hüllte ihn in eine zischende Dampfwolke. Als sich der Dampf lichtete, blieb nur ein sichtlich abgekühlter Tristan zurück, der sich verwundert über den kurz geschorenen Haarschopf kratzte und sich anschließend fröhlich pfeifend auf den Weg zurück zur Bibliothek machte.

Sakura wollte noch ein paar abschließende Worte sagen, doch ihm wurde so schwindlig, wie es einem nur nach mehr als fünfzehn Minuten in der feuchtwarmen Sauna passierte. Im nächsten Moment musste er sich übergeben und fiel in Ohnmacht.

***

Als Taro langsam aus seinem wohligen Schlummer erwachte, lag der Geruch von frisch gebackenem Apfelkuchen mit Zimt in der Luft. Im Kamin prasselte ein beschauliches Feuer, welches die Blockhütte des Spa-Clubs in ein warmes Licht tauchte.

Er gähnte und streckte sich ausgiebig, bevor er die Wolldecke zurückwarf und sich aufrichtete. »Was für ein verrückter Traum!« Er musste wohl umgekippt sein, als er die Sauna des Spa-Clubs betreten hatte, denn alles, was danach passiert war, konnte eigentlich nur seiner von seltsamen Fernsehserien geprägten Fantasie entsprungen sein. Er tastete nach seiner Brille und fand sie auf einem kleinen Beistelltisch neben dem Sofa. Dabei stellte fest, dass deren Rahmen sich magentafarben verfärbt hatte. Sofort war er hellwach. Er sprang auf und sah sich irritiert um. Er erblickte John, der eine Kochschürze mit Kaktus-Aufdruck trug, Anders, der in seinen Stickrahmen vertieft war, Tauno, der über Kopfhörer gerade zu infernalischem Geschrammel abrockte und Ivan, der ihn durch seine getönten Brillengläser streng zu mustern schien. Besonders dessen Anblick verursachte ein seltsames Herzklopfen bei ihm.

»Auch endlich wach, Scheißerchen?«

Taro errötete und wandte den Blick verlegen aus dem Fenster. »K… Kannst du das von heute früh bitte für dich behalten?«

Ivan sah mit seiner dicken Brille ganz anders aus, doch sein schiefes Grinsen war noch immer zum Weglaufen schaurig.

»I… Ich bin nicht Scheißerchen. Mein Name ist Taro Yamada. Ta-ro Ya-ma-da.« Die Verbeugung erfolgte fast automatisch. »Und von heute an möchte ich bitte Mitglied im Super-Club werden!« Er verharrte mit gesenktem Kopf und ballte die zitternden Hände zur Faust. Sein Herz schlug wie wild. Er hatte Angst. *Bestimmt würde er eine Abfuhr bekommen!*

Tauno hob belehrend den Finger, blickte dann aber auf seine neue schwarze Armbanduhr, in welche auch eine Sanduhr mit niedrigem schwarzen Farbstand eingelassen war. »Spa-Club. Super-Club. Wie auch immer.« Er zuckte mit den Schultern. »Wir haben für jeden Interessenten einen Platz auf der Bank frei. Oder nicht?«

Anders und John nickten zustimmend.

Taro hob vorsichtig den Blick. *Hatte er es richtig verstanden? Wollten die vier ihn trotz der unfreiwilligen Heldenaktion etwa in ihren Club aufnehmen?*

John klopfte ihm leicht auf die Schulter. »Sei nicht so nervös. In unserem Club geht es nur um Entspannung.«

Anders nahm seine Hand und drückte sie leicht. »Jeder von uns war einmal neu und kannte sich nicht aus. Hab keine Angst.«

Tauno pflichtete den anderen beiden bei. »Einmal ist immer das erste Mal. Was denkt ihr, wie wäre es zur Feier des Tages mit einem weiteren Aufguss?«

Ivan nickte, holte ein pinkes Saunahandtuch aus einem der Wandschränke und warf es Taro zu. »Das machen wir! Aber diesmal in der richtigen Reihenfolge! Erst ausziehen, dann duschen, dann abtrocknen!«

Blob schwebte hinter dem Sofa hervor und umkreiste die Jungen mehrmals. »Und nicht vergessen: keine Badelatschen in der Saunakabine!«

Aufguss 02

E 171: Titandioxid

Gurgelnd und blubbernd erreichte der Wasserkocher den Siedepunkt.

»Sananda Tamahara, Sananda Tamahara, Sananda Tamahara, …«

Das Wasser bäumte sich schäumend auf und warf sich im Kampf gegen den Tauchsieder wie vom Sturm geküsst gegen die Wand des Plastikbehälters. Doch niemand reagierte.

»Sananda Tamahara, Sananda Tamahara, …«

Jemand räusperte sich. »Reiner.«

Das Wasser hauchte seinen Lebensatem in Form von heißen Dampf aus.

»Sananda Tamahara, Sananda Tamahara, …«

Ein gekünsteltes Hüsteln erklang. »Reiner!«

Das Wasser sprudelte munter weiter vor sich hin.

»Reiner!«

Endlich erwachte der rothaarige Esoteriker aus seiner Trance und nahm einen tiefen Atemzug, um sich zu erden. Sein Blick schweifte, noch immer leicht entrückt, durch den Raum.

Sein Gegenüber, ein pummeliger dunkelhaariger Junge in einem aus Schurwolle selbstgestrickten Pullover, kräuselte die Stirn und sah ihn vorwurfsvoll an.

»Sag nichts!« Reiner, der mit vollem Namen Reiner Roth hieß und in die Klasse 11 B ging, die auch der gereizte Tristan Nothnagel besuchte, hob die Hand. Selbstbewusst und mit voller Überzeugung deutete auf den sprudelnden Wasserkocher, als wollte er diesen mit telepathischen Kräften bedienen. »Om…«

Just in diesem Moment sprang die Abschaltautomatik an und beendete den siedenden Todeskampf des Teewassers.

Der andere Junge presste die Lippen aufeinander und sog scharf die Luft ein. »Wie oft habe ich dir gesagt, dass du den Wasserkocher per Hand abschalten sollst, sobald das Wasser die Siedetemperatur erreicht hat?« Er hob belehrend den Zeigefinger. »Weißt du, wie viel Energie verschwendet wird, wenn man das Wasser unnötig lange vor sich hin brodeln lässt? Und denk nur …«

»… an die vielen Mikroplastikteilchen, die sich durch einen unnötig langen Siedevorgang lösen und die darauf ins Wasser übergehen, was zu gesundheitlichen Spätfolgen wie Unfruchtbarkeit und Krebs führen kann. Ich weiß, Cordelius, ich weiß.« Während Reiner den Satz mittels hellseherischer Fähigkeiten beendete – oder konnte er es allein deswegen, weil er ihn schon viel zu oft gehört hatte? – holte er eine Teekanne aus dem Hängeschrank der kleinen Küchenzeile, die im Hauptraum ihres Forschungsclubs installiert war. Er öffnete eine Dose mit Teeblättern, die nach Pfefferminze und getrockneten Bachblüten dufteten. Andächtig murmelte er »Im Namen der drei Kräfte des Himmels, des Wassers und der Erde«, dann gab er drei Teelöffel der Kräutermischung in die Teekanne und brühte sie auf.

Cordelius, der gerade ein Magazin über die schädlichen Auswirkungen der Massentierhaltung auf das Weltklima las, atmete erneut hörbar aus. »Wir haben nur einen Planeten und diesen müssen wir, so gut es geht, beschützen.« Sein voller Name, Cordelius Grün, passte wie die Faust aufs Auge.

Reiner nahm zwei Teetassen aus dem Regal und stellte sie zusammen mit der Teekanne auf ein Tablett. »Richtig, im Kampf gegen die zerstörerischen Reptiloiden muss jeder, der eine positive Sternsaat ist, sein Licht bis in die tiefsten Winkel der Astralwelt strahlen lassen.« Er hielt inne und lauschte in die Stille hinein. »Nur Nandas Licht ist im Moment leicht getrübt. Ich kann seine Aura nur schwer wahrnehmen.«

»Nanda?« Cordelius stützte den Kopf auf die Hände. »Der ist gerade beim Spa-Club Kuchen essen. Aber er hat dir *das* Päckchen davor noch in die Zuckerdose gefüllt.«

Reiner prüfte den Inhalt der Porzellandose, nickte und stellte diese ebenfalls auf das Tablett. »Wie vorhergesehen.« Er lächelte schelmisch und öffnete die Tür zu seinem Meditationsraum. »Dann kann die nächste verlorene Seele ja kommen.«

Als er verschwunden war, stand noch immer eine Wolke aus Drachenblut und anderem Räucherwerk in der Luft.

Cordelius wollte umblättern, doch sein missbilligender Blick fiel erneut auf den Wasserkocher. Erst als er aufgestanden war und den Stecker gezogen hatte, konnte er beruhigt weiterlesen. »Für Mutter Erde.«

***

Wenn es etwas gab, dass Nanda Buru mehr liebte als bunte Flüssigkeiten, die sich zischend und stinkend ihren Weg durch ein Gewirr von Röhrchen und Kolben bahnten, um sich am Ende wie durch alchemistische Magie zu Wunderdingen wie Seife und Reinigungsmitteln verdichten, dann war es Kakao. Heißer dampfender Kakao, in dem ein süßer Marshmallow badete und dazu ein Stück Sahnetorte am Freitagnachmittag gaben ihm das Gefühl, ein Stück näher am Nirwana zu sein. John aus dem Spa-Club hatte sich wieder einmal selbst übertroffen. Wenn er ihm solche Köstlichkeiten auftischte, konnte Nanda, angehender Top-Chemiker indischer Herkunft und Schüler der Klasse 11 A, auch mal davon absehen, wie unhygienisch es doch von ihm war, stets Badeschlappen zu tragen und der ganzen Welt seine gebräunten Zehen zu präsentieren.

»Jedenfalls habe ich mir gedacht, dass die Helden in meinem neuen Buch einer großen Weltverschwörung auf der Spur sein könnten.« Während John die frisch dekorierte Erdbeer-Sahnetorte anschnitt und verteilte, erzählte Tauno Nanda nun schon seit geschlagenen zehn Minuten von seiner neuesten Geschichte. Seine Augen blitzten vor Freude auf und er begann wie wild zu gestikulieren. »Stell dir vor, die Welt ist in Wirklichkeit doch eine Scheibe und alle Weltregierungen versuchen die Wahrheit vor den Menschen zu verbergen!« Er öffnete sein schwarzes, ledernes Notizbuch, das ganz zerfleddert war und angeschlagene Ecken hatte, und schmierte ein paar schnelle Zeilen hinein. Seine

Schrift war so unleserlich, dass es mehrjährige Studien antiker Handschriften gebraucht hätte, um den Text zu entziffern.

Nanda nickte stumm und nahm einen Schluck heißen Kakao. »Ist das Schweizer Schokolade?«

John setzte sich zu ihnen und nickte stolz. »*Echte* Schweizer Schokolade.«

Tauno fuhr fort. »Der Nordpol ist in dieser Geschichte eigentlich ein tiefes Loch und der Südpol ein unüberwindbarer Ring aus Eis, der vom Militär bewacht wird.« Er stopfte sich drei Bissen auf einmal in den Mund und wirbelte grübelnd mit der Kuchengabel herum. »Daf glauwe iff gleiff felber. Gub!«

Die Grundidee der Geschichte erinnerte Nanda an die seltsamen Ausführungen über angebliche außerirdische Reptilienwesen, die laut Reiner im Inneren der Erde leben sollten. Doch der Gedanke verschwand sofort wieder, als er von der Torte probierte.

»Schmeckt es dir?« John presste die Hände zusammen und musterte ihn angespannt. Nanda, der Chemiker, war sein schärfster Kritiker. *Wenn er etwas an der Zusammensetzung seines Kuchens auszusetzen hatte, dann, dann, …*

»Köstlich. Eine gelungene Mischung der verschiedenen Komponenten«, urteilte Nanda ausdruckslos.

John atmete erleichtert auf.

»Übrigens, herzlichen Glückwunsch«, sagte er trocken. Er legte John und Tauno kameradschaftlich die Hände auf die Schultern.

Beide tauschten daraufhin einen ratlosen Blick aus.

Nanda hob eine Augenbraue. »Na ja, eure neuen Armbanduhren. Im Partnerlook. Schön, dass ihr jetzt ver…«

»Verlobt?« Tauno ließ vor Schreck den Stift fallen. Seine Gedanken begannen die wildesten Sprünge zu machen. Unruhig sah er von Johns Handgelenk zu seinem und wieder zurück. Ja, es stimmte. Seit ihrer magischen Verwandlung trugen sie beide eine Armbanduhr, in die eine Sanduhr eingelassen war. Johns Uhr war gelb und beinhaltete eine gelbe Flüssigkeit, seine eigene war schwarz mit schwarzer Flüssigkeit. Und weil Menschen zuweilen dazu neigten, in allen Dingen ein Muster erkennen zu wollen, hatte Nanda offenbar die Erkenntnis gewonnen, dass er und John mehr als nur Zimmer- und Saunagenossen waren. *Er und John…* Vor seinem inneren Auge konnte Tauno es plötzlich sehen. Die Vision traf in ihn wie der Blitz.

Er hörte die Kirchenglocken läuten. John und er traten Hand in Hand vor den Altar. Der gesichtslose Pfarrer erhob das Wort. »Und nun frage ich dich, Tauno Tallinen, so wahr ich als Pater Peter Platzhalter vor dir stehe, willst du John Doe zu deinem angetrauten Ehemann nehmen, ihn lieben und ehren, bis dass der Tod euch scheidet?«

Wollte er? Wollte er nicht? Immerhin kümmerte sich John um alles. Kochen, Putzen, Wäsche waschen, die heilige Dreifaltigkeit der Hausarbeit. Gut gebaut war er auch noch und er hörte ihm immer zu. Immer. Gut, wenn er einmal einen Albtraum hatte, war er etwas anhänglich und es kam vor, dass er sich Nachts plötzlich an ihn ku-

schelte, sodass Tauno sich wie im Schwitzkasten fühlte und kein Auge mehr zumachen konnte, doch ansonsten hatten sie stets eine gute Zeit zusammen. Es stand außer Frage, dass er mit John einen Volltreffer gelandet hatte. In Gedanken und in der Wirklichkeit blickte er ihn an und versank förmlich in seinen erdig grünen Augen.

»Noch ein Stück Kuchen?« John deutete auf seinen leeren Teller.

Ja, er wollte für immer mit ihm zusammen in der Sauna schwitzen, bis sie alt und schrumpelig waren und nicht mehr auf die höheren Bänke klettern konnten.

»J… Ja, i… ich will!«, stammelte Tauno atemlos.

»Ey, bevor du dir einen Nachschlag holst, will ich auch noch etwas von der Torte haben!« Ivan kam auf einem schneeweißen Pferd in die Kirche galoppiert und ließ Taunos Tagtraum platzen, indem er mit der flachen Hand auf den Tisch schlug. Auch er trug eine neue, schneeweiße Armbanduhr.

»Ach so ist das?« Nanda rührte in seiner Kakaotasse. Der Marshmallow begann sich aufzulösen und zog lange Fäden am Löffel. »Ihr macht also ein Dreier-Ding?«

Tauno bekam Schnappatmung.

John schüttelte den Kopf und versuchte sich eine plausible Antwort auszudenken. »Das ist ein Geschenk von unserem neuen Austauschschüler aus Japan. Genau! Diese Fitness-Armbanduhren sind dort der letzte Schrei.«

Ivan pflichtete ihm bei und verschränkte die Arme. »No Homo, Bro.«

»Er heißt Taro und ist gerade mit Anders ein paar Klamotten kaufen«, ergänzte Tauno, der sich wieder gefangen hatte, hastig. »Nächste Woche ist er bestimmt auch hier. Dann könnten wir alle zusammen ein Kaffeekränzchen machen!«

Nanda kräuselte die Stirn, sagte aber nichts. *Sehr verdächtig.* Schweigend schlürfte er weiter seinen Kakao. Seine Gedanken wurden ganz leer. Nirwana kam näher.

***

Mit Geld konnte man viele Dinge kaufen. Und wenn man reich war, machte es einem nicht mehr allzu viel aus, *viel* Geld auszugeben. Während der letzten Stunden hatte Anders, selbsternannter Modeexperte und *Instabook* Influencer mit über 10.000 Followern, es sich zur Aufgabe gemacht, Taro, den durchschnittlichen Austauschschüler mit einem Modegeschmack wie Ned Flanders, komplett neu einzukleiden.

Doch je schwerer die Einkaufstüten wurden, desto schwerer wiegten auch Taros Schuldgefühle. Seine Eltern hatten nämlich in den letzten fünfzehn Jahren nicht einmal annähernd so viel in ihn investiert, wie der schüchterne Anders in der letzten Stunde. Der Anders, der angesichts Bergen von Klamotten plötzlich zum exzentrischen Modediktator auftrumpfte und ihm befahl, jede noch so gewagte Kombination an Haute Couture anzuprobieren. Und das alles, obwohl sie sich gerade einmal eine Woche kannten.

Anders wirkte erschöpft. Seine braunen Augen mit den langen Wimpern blickten müde von Schaufenster zu Schaufenster auf der Suche nach weiteren unentdeckten Schätzen. Ja, er war erschöpft. Erschöpft, aber glücklich. Für einen Augenblick umspielte ein zufriedenes Lächeln seine Lippen.

Taros Herz für einen Moment aus. Seit sie letzte Woche durch den Flaschengeist Blob magische Kräfte erhalten hatten, fühlte er sich komisch. Jedes Mal, wenn ihn einer der vier anderen Jungen anblickte, wurde ihm seltsam warm ums Herz. So warm, wie es sonst nur passierte, wenn er eine neue Konzert-DVD seiner liebsten Idols zum ersten Mal ansah. Er schüttelte den Gedanken ab. »Es tut mir leid!« Hastig verbeugte er sich ein paar Mal.

Anders rümpfte die Nase. »Warum denn? Weil ich mit dir shoppen war und für dich bezahlt habe?«

Taro war sich sicher, dass Anders beleidigt war, weil er einen schlechten Geschmack hatte und er ihm alles aussuchen musste, doch Anders holte nur ein selbst besticktes Spitzentaschentuch aus der Jackentasche und tupfte sich über die Stirn. »Ehrlich gesagt hast du mir heute einen riesengroßen Gefallen getan. Es war einfach nicht mit anzusehen, wie du in diesen braunen Hochwasserhosen und dieser scheußlichen Strickjacke herumgelaufen bist. Hat man dir nicht wenigstens ein kleines bisschen Selbstachtung beigebracht?«

»Es tut mir leid!« Taro errötete und verbeugte sich noch tiefer. »Ich dachte bisher, dass es ausreichend ist, wenn Kleidung einen bedeckt, funktional und vor allem pflegeleicht ist!« Er konnte spüren, wie ihm die Schamröte bis in die Ohren kroch. »Ich habe bisher nie darüber nachgedacht, dass Kleidung so … schön sein kann. Es tut mir leid, S… Sensei!«

Er hob leicht den Blick und versuchte eine Reaktion in Anders feinen Gesichtszügen zu entdecken, doch dieser hatte ihn nicht gehört. Stattdessen starrte er gebannt auf den Bildschirm seines Smartphones, auf dem soeben die Mitteilung für ein neues Spiel-Update erschienen war. »Taro?« Anders klang gehetzt.

»J… Ja?« Der plötzliche Stimmungswechsel machte Taro Angst.

»Lass uns in ein Café gehen! Sofort!«

***

Wenig später brachte der Kellner, der laut Namensschild »Matthias« hieß und leicht angespannt wirkte, zwei dampfende Kännchen voll Tee und einen Teller mit Gebäck an den Tisch.

Anders ließ sich auf dem Stuhl zurückfallen und starrte die Decke an. Er war kreidebleich geworden. »Waltraud! Warum kommst du nicht zu mir?«, wimmerte er leise.

Taro nahm sich einen Keks und kaute schweigend. Zum ersten Mal verstand er ein kleines bisschen, wie sein Sauna-Bankgenosse tickte. Anders war besessen. Besessen von Waltraud. Waltraud, der schönen Blondine aus dem deutschen Rhythmusspiel *Schulmelodie*.

Auch wenn diese, laut Anders zehnminütiger Ausführung, die in ihrer Rhetorik fast schon Taunos übertraf, bei den Zeugen Jehovas war und immer etwas säuerlich dreinblickte, war sie doch der sanftmütigste Charakter mit der bezauberndsten Altstimme, die das ganze Spiel zu bieten hatte.

»Ich habe gerade nicht nur ein Vermögen in einen für Mode resistenten Austauschschüler gesteckt, sondern auch noch mein ganzes Taschengeld für diesen Monat für eine ultraseltene Karte in einem Handy-Spiel ausgegeben, die ich am Ende doch nicht bekommen habe.« Er lachte nervös und blickte Taro mit blutleerem Blick an. »Zahlst du heute für den Tee?«

Taro nickte ernst und salutierte. Sie waren Brüder im Geiste. »Ich verstehe, wie du dich fühlst, Sensei! Es ist mir eine Ehre!«

Das Café war zu dieser Tageszeit noch nicht sehr gut besucht. Die wenigen Gäste unterhielten sich leise. Im Hintergrund lief elegante Klaviermusik.

Anders rückte seine Teetasse und den Plätzchenteller zurecht und kontrollierte mit einem Handspiegel noch einmal seine Frisur und sein Gesicht. Anschließend legte er etwas Puder und Lipgloss auf, bevor er zu guter Letzt ein Selfie für *Instabook* machte.

Taro wurde das Gefühl nicht los, dass Anders den ganzen Café-Besuch bereits vorher geplant haben musste. Seine Jacke und die Blumenbrosche passten perfekt zur Einrichtung und der Tischdekoration.

»Leider hatte ich beim neuen Trachten-Set bei Hashtag Schulmelodie kein Glück. Hashtag Sad, Hashtag Beauty, Hashtag Tea Time, Hashtag Fashion«, murmelte Anders vor sich hin und tippte es auf dem Smartphone ein.

Als er den Eintrag fertiggestellt und abgesendet hatte, begann jemand am Nachbartisch aggressiv auf den Tisch zu klopfen. »Bedienung? Zahlen, bitte!«

Taro ließ Anders für einen Moment in seiner *Instabook*-Welt alleine und beobachtete aus dem Augenwinkel den angespannten Jungen. Er schien ebenfalls vom Internat zu sein, denn er trug eine dunkelgrüne Jacke mit dem goldenen Abzeichen der Schule. Für sein Alter, er musste achtzehn sein und in die zwölfte Klasse gehen, trug er bereits einen stattlichen blonden Bart. Er hatte die Krawatte der Schuluniform gelockert und den obersten Knopf seines Hemdes geöffnet. Taro war verdutzt, dass auch auf seiner Brust die Haare sprossen, trug er doch auf dem Kopf ein blaues Bandana, um seinen spärlichen Haarwuchs zu kaschieren. Sein Bein wippte unter dem Tisch unaufhaltsam auf und ab, als er noch einmal durch den Stapel Papiere blätterte, den er mitgebracht hatte. »Das ist Mist! Alles Mist!«, zischte er gereizt und sortierte den größten Teil der Blätter aus. »Angeschnitten, krumm, falsch gedruckt! Und dafür habe ich auch noch Geld bezahlt! Betrug!«

Als der Kellner mit der Quittung zu ihm kam, wartete er nicht einmal darauf, dass er sie ihm hinlegte und er den Betrag sehen konnte, sondern schmiss wahllos zwei Scheine auf den Tisch. »Das passt so! Schönen Tag noch!« Gehetzt sprang er auf und warf die misslungenen Drucke auf die Sitzbank, auf der er bis eben noch gesessen hatte.

Bevor der Kellner sich für das großzügige Trinkgeld bedanken konnte, hatte der Junge schon die Glastür aufgerissen und war unter dem aufgeregten Bimmeln einer Traube Messingglöckchen nach draußen geeilt.

Taro hob einen der Zettel auf. Auch wenn die Farbe in unteren Drittel leicht verblasst war, konnte man den Flyer noch gut lesen. »Der große Osterspaß von Karfreitag bis Ostersonntag! Finde die zwei goldenen Eier des Schulleiters!« Er zuckte mit den Schultern und packte den Zettel in seine Tasche. »Das klingt doch spannend!«

Währenddessen gab Anders Smartphone ununterbrochen Benachrichtigungstöne von sich.

***

»... und als sie schließlich in die Zentrale der Weltverschwörung eingedrungen sind, stellt der Held fest, dass er nur ein Klon des Regenten ist und demnach alles, was er getan hat, vorherbestimmt war. Ist das nicht mal ein interessanter Plot-Twist?« Tauno redete ohne Punkt und Komma.

John hatte inzwischen die Flucht ergriffen und war dabei die Küche aufzuräumen.

Ivan war genervt ein paar Gewichte in der Fitnessecke, die sich auf einer Empore befand, heben gegangen.

Nur Nanda dämmerte noch immer im Zuckerrausch vor sich hin.

Tauno hielt für einen Moment inne und machte sich ein paar Notizen. Vom vielen Reden fühlte sich sein Hals ganz trocken und kratzig an. Er war dankbar, dass John ihm in weiser Voraussicht ein Glas Wasser hingestellt hatte. Doch etwas schien damit nicht zu stimmen. Skeptisch blickte er auf das stille Wasser. Er wollte trinken, doch er hielt inne.

Ein Zucken erfasste die Flüssigkeit. Stille. Dann wieder. Konzentrische Ringe breiteten sich im Wasserglas aus, als näherte sich etwas sehr, sehr Großes.

(Jungs! Ju-huuuungs?)

Ein nasser Teller rutschte John aus der Hand und fiel klirrend zu Boden.

(Es gibt Arbeit!)

Ivan hängte die Gewichte wieder ein und wischte sich mit einem Handtuch den Schweiß ab. Sein Blick kreuzte Taunos und sie nickten sich schweigend zu.

»Nanda?«, räusperte sich Tauno und tippte dem in sich vertieften Chemiker auf die Schulter.

Der hob nur langsam den Kopf und streckte sich, als wäre er soeben aus einem tiefen Schlaf erwacht. »Wie geht es nun weiter? Wird er es schaffen, gegen sich selbst zu kämpfen?«

(Wenn ihr nicht bald eure Hintern hochbekommt, merkt noch die ganze Schule, dass bösartige magische Kräfte am Werke sind!)

»Nun das, äh, erzähle ich dir nächste Woche!« Tauno wurde nervös.

John hatte seine Kochschürze fein säuberlich zusammengefaltet und über einen Stuhl gelegt. »Schön, dass du heute da warst, aber wir haben noch etwas zu erledigen. Es wäre nett, wenn du gehen könntest, denn wir müssen… Wir müssen…«

Ivan kam ihm zu Hilfe. »Reifen wechseln.«

Tauno und John zuckten zusammen.

Nanda hob fragend eine Augenbraue. »Reifen wechseln?«

Ivan nickte ernst und knetete das Handtuch in seinen Händen. »Genau. Zwei halten das Auto hoch und einer wechselt den Reifen. Bis nächste Woche!«

Im nächsten Moment stürmten sie auch schon zu dritt aus der Blockhütte und ließen den verdutzten Nanda in der Tür stehen.

»Reifen wechseln? Dir ist doch bewusst, dass wir nicht einmal ein Auto haben?«, spöttelte Tauno lachend.

»Ach, sei ruhig!«, zischte Ivan. »Was wäre dir denn eingefallen? Wenn du angefangen hättest dir eine Geschichte über einen plötzlichen Angriff finsterer Mächte aus einer anderen Welt auszudenken, wäre das zwar nicht gelogen gewesen, aber Nanda hätte es uns noch weniger geglaubt!«

Blob manifestierte sich in seiner wässrigen Gestalt neben ihnen. »Das hat aber gedauert! Es wäre schön, wenn ihr eurem Alter entsprechend etwas selbstständiger wärt und euch nicht von mir sagen lassen müsstet, wann ihr wie zu handelt habt! Hört auf euer Bauchgefühl! Das hat euch doch schon vor zehn Minuten gesagt, dass ihr ausrücken müsst!« Seine Geißel zuckte mahnend hin und her.

Ivan schnaubte genervt. »Mein Bauchgefühl sagt mir lediglich, wann ich Hunger habe oder wann ich kacken muss!«

John hob beschwichtigend die Hände. »Ist gut, wir versprechen beim nächsten Mal aufmerksamer zu sein!«

Wieder erzitterte die Erde. Sie überwanden die letzte Querstraße an Blockhütten und erreichten das Epizentrum, welches sich auf dem Fußballplatz des Internats befand. Schief bedrucktes Papier türmte sich zu meterhohen Haufen auf. Mit jedem weiteren Rumpeln entstand ein neuer Berg voller Makulaturen.

Schließlich erschien inmitten des Papiergebirges ein titanweißer Kopierer, der auf Panzerketten über Berg und Tal fuhr. Aus seinem Ausgabeschacht, der mit der Nummer E 171 beschriftet war, spuckte er immer wieder neues Papier aus. »Alles Mist! Alles schief! Wegwerfen! Nachdrucken!«, polterte der kleine Elf aus dem Inneren des Panzers.

Tauno strich sich durch das lange blonde Haar und lächelte selbstgefällig. »Ach, wie niedlich! Sollen wir dem Kleinen ein bisschen einheizen?«

Ivan schürzte die Lippen. »Seit wann gibst du den Ton an? Treiben wir diesem Kopierer schnell den Elfen aus, damit wieder Schicht im Ausgabeschacht ist!«

John nickte den beiden zu. »Dagegen habe ich nichts einzuwenden!«

Alle drei legten die Hände mit den Armbanduhren zusammen und bildeten eine Faust. »Time to relax!«

So lauteten die Zauberworte, die Blob ihnen beigebracht hatte, als sie mit Gerstensaft und Hopfenkaltschale Taros Einstand im Spa-Club gefeiert hatten.

»Wie ihr sicherlich gemerkt habt, besitzen eure magischen Armbanduhren ein Farbbarometer«, hatte er ihnen erklärt. »Dieses wird sich mit jedem Kampf weiter füllen, sodass ihr stärkere Attacken einsetzen werden könnt. Um es zu aktivieren, müsst ihr die Zauberworte Time to relax sagen und den Ring des Barometers um 180 Grad drehen.« Er schwirrte um sie herum und blickte ihnen eindringlich in die hopfenseligen Augen, damit auch jeder die Wichtigkeit seiner Worte erfasste.

»Das ist alles, was wir tun müssen, um uns zu verwandeln?« Tauno unterdrückte einen Rülpser und fuhr sich grübelnd über das Kinn.

Blob waberte nickend. »Richtig, das klappt, solange eure Farbessenz ausreichend gefüllt ist.«

Taro, der sich mit kaltem Gerstentee begnügte, atmete erleichtert auf. »Was für ein Glück! Ich dachte schon, wir müssten dich alle trinken! Etwas derart Ekelhaftes möchte ich nie wieder machen müssen!«

Blobs Oberfläche begann sich zu kräuseln, als bekäme er eine Gänsehaut. »Glaub mir, Kleiner, für mich war das mindestens so ekelhaft wie für dich.« Er schäumte ein wenig hin und her. »Unter uns gesagt, ich bin wirklich dankbar dafür, dass ich aus diesem Ausgang wieder aus dir herauskommen durfte und nicht noch durch deinen Darm und deine Blase musste.« Er hüstelte verlegen. »Wie dem auch sei, das Wichtigste ist Folgendes: Niemals mehr als fünfzehn Minuten! Wenn ihr länger in eurer Verwandlung bleibt, wird euer Körper unweigerlich überhitzen und ihr verliert das Bewusstsein. Also nicht übertreiben und Time to relax!«

Doch nichts passierte. Tauno, John und Ivan versuchten die Ringvorrichtung wie von Blob beschrieben zu drehen, doch es klemmte. Egal, wie sehr sie auch daran herumdrückten und ruckelten, die Sanduhr bewegte sich keinen einzigen Millimeter.

»Tse, ist das etwa billige Importware? Was sollen wir jetzt machen?« Ivan starrte Blob wütend an, doch der zuckte nur mit den nicht vorhandenen Schultern. »Habt ihr die Gebrauchsanweisung nicht gelesen?«

Tauno rollte mit den Augen. »Blob, niemand, wirklich *niemand* liest die Datenschutzerklärung oder sonstige Gebrauchsanweisungen!«

Ein lauter Knall ertönte. Ein Schwall Papier regnete wie Konfetti vom Himmel herab und begrub die Gruppe unter sich. Blob wurde plattgedrückt wie eine Flunder.

John rollte sich gekonnt zur Seite und kroch unter einem Haufen voller Fehldrucke hervor. »Ist es nicht ein wenig umständlich, wenn wir nur zu fünft kämpfen können? Heißt das nicht, dass wir uns niemals weit voneinander entfernen dürfen?«

Tauno quälte sich unter einen Stapel Papier hervor und rang nach Luft. »Richtig. Das ist fast wie eine elektronische Fußfessel. Und denkst du nicht auch, dass es ein wenig verdächtig ist, wenn wir fünf nun fast immer zusammen unterwegs sind? Wie soll das nur enden? Soll ich von nun an immer mit Ivan zusammen auf die Toilette gehen und Händchen halten?«

»Boah, hör mir auf, ist ja ekelhaft!« Zur Abwechslung waren er und Tauno einmal einer Meinung.

Blob floss erneut zusammen und ergriff beleidigt das Wort. »Warum müsst ihr andauernd meckern? Seid mir bitte dankbar dafür, dass ich wenigstens den Elektroschock-Ping deaktiviert habe, denn sonst hätten Anders und Taro heute nicht in die Stadt gehen und ihre romantische Zweisamkeit genießen können!«

Wieder brach der Papiervulkan aus dem Druckerpanzer aus und bedeckte sie mit einer Schicht Fehldrucke.

»Und wo bleiben die beiden? Ich hoffe doch, du hast ihnen mitgeteilt, dass wir hier dezent in Schwierigkeiten stecken!«, ächzte Tauno unter dem stetig größer werdenden Berg hervor.

John stemmte den Haufen hoch und half den anderen beiden dabei sich zu befreien. Seine Wangen hatten vor Anstrengung rote Flecken bekommen.

Schweiß rann seine Schläfen hinab. »Lange halte ich das nicht mehr aus!«, schnaufte er mit zusammengepressten Zähnen.

Blob blähte seinen Körper auf und erschuf einen Spiegel, durch den sie Taro und Anders sehen konnten. Sofort ertönte ein ohrenbetäubender Schrei. Die Landschaft flog nur so vorbei. Immer wieder sauste etwas surrend und raschelnd durchs Bild. Taro hörte nicht auf zu schreien, während er sich panisch an den Lenker seines E-Scooters krallte. Hin und wieder schien die Übertragung zu flackern. Ein paar rotbraune Strähnen erschienen vor der Linse.

»Ist das die Anders-Cam?«, schlussfolgerte Tauno.

Blob nickte und das Bild wurde kurzzeitig von Bläschen durchzogen. Wie es aussah, hatten Taro und Anders bereits mit der Fähre die Schulinsel erreicht und sich vom Hafen aus mit zwei E-Scootern auf den Weg zurück zur Schule gemacht. Während Anders gelassen auf seinem Gefährt stand, schien Taro Probleme mit der Kontrolle zu haben. Er schlingerte von links nach rechts. Es war ein Wunder, dass er noch nicht zu Boden gestürzt war und dabei seine Einkaufstüten verloren, beziehungsweise sich verletzt hatte.

»Coole Dashcam«, stimmte ihm Ivan zu, wurde aber im nächsten Augenblick erneut von einer Papierfontäne getroffen.

»Alles Mist! Solche hässlichen Flyer kann niemand gebrauchen! Die reklamiere ich! Ich will mein Geld wiederhaben!«, brüllte der kleine Elf, der komplett in titanweißen Flecktarn gekleidet war und einen Soldatenhelm trug, bevor er erneut Gas gab. Der Druckerpanzer ratterte über die Papierberge und verschoss Salven in alle vier Himmelsrichtungen.

John musste erneut all seine Kraft aufwenden, um die anderen beiden zu befreien. »Jungs, bitte beeilt euch!« Durch Anders Augen in Blobs Linse erkannte er den Schotterweg durch den Blockhüttenwald. Er war am Ende seiner Kräfte.

Auch Taro war am Ende. Mit den Nerven. »Hilfe!«, rief er immer wieder. »Hilfe! Wer hat sich nur solche gefährlichen Geräte ausgedacht!« Vor ihm erschien plötzlich ein Baum und der Weg gabelte sich. »Ich will wieder nach Hause!« Ruckartig riss er den Lenker herum. Der E-Scooter schlingerte und schlitterte, kam in eine bedrohliche Schieflage und heulte laut auf wie ein Rasierer, der gerne ein Rasenmäher sein wollte, bevor er sich aufbäumte und ins Dickicht schoss. Kahle Äste und Tannenzweige schlugen Taro ins Gesicht, doch seine Brille bewahrte ihn vor dem schlimmsten. Es knirschte und knackte, doch sein Gefährt war nicht aufzuhalten. Im nächsten Moment rauschte er an einem der beiden Tennisplätze vorbei, der ebenfalls langsam zu einer Altpapiersammelstelle mutierte. Schließlich erschien der Fußballplatz vor ihnen.

Anders, der wie ein anständiger Mensch den normalen Waldweg gefahren war, surrte fast schon entspannt auf den großen Schneeberg zu, den der Kopiererelf mit der Nummer E 171 aus Papier erschaffen hatte.

Während John mit letzter Kraft gegen das Versinken kämpfte, blieb der E-Scooter an einem besonders großen Stapel hängen und bäumte sich auf. Der Motor stotterte erbärmlich, bevor er erstarb. Taro wurde mitsamt all seiner Tüten in die Luft katapultiert. Panisch schreiend vollzog er mehrere Saltos. Dabei verteilte sich auch seine neue Kleidung wie buntes Konfetti.

»Jetzt!«, rief Blob aufgeregt und nahm wieder seine Tropfenform an.

Die fünf Jungen nickten, stellten die Farbessenz ihrer Armbanduhren auf den Kopf und riefen: »Time to relax!«

Endlich war die Zeit für eine ausgiebige Verwandlung gekommen. Im gleißenden Lichterreigen versammelten die Fünf sich um einen strahlenden Mittelpunkt. Ihre Körper leuchteten nackt und geschlechtslos in den Farben Cyan, Magenta, Gelb, Schwarz und Weiß.

Zuerst manifestierte sich die Zauberkraft in ihren Haaren und ließ farbige Strähnen erscheinen. Taros Unterhaar und eine Strähne auf seinem Kopf verfärbten sich pink. Anders und John erhielten jeweils zwei cyanblaue beziehungsweise gelbe Ponysträhnen. Auch Taunos Unterhaar wechselte die Farbe und wurde von hellblond zu schwarz. Ivans krauses Haar hingegen wechselte von milchigem weiß zu schneeweiß.

Als nächstes schlugen sie die vor Sternen glänzenden Augen auf und erhielten zu ihrer traditionellen Kleidung passende Unterwäsche.

Es folgten Hosen, Oberteile, Gürtel und Schleifen. Taros Schleife verschloss seinen Haori, eine Art Kimono-Jacke. Anders und Taunos Schleifen erschienen jeweils seitlich an ihren Gürteln, bei John und Ivan jedoch hinten am Halstuch beziehungswiese auf dem Harnisch am Rücken. Zuletzt manifestierten sich die Schuhe und schmückende Rosenquarze, Aquamarine, Citrine, Onyxe und Diamanten.

Zum krönenden Abschluss ließ der Sternenregen einen Hauch Make-Up, Wimperntusche und Lipgloss, sowie die Hüte von Mezcal und Tundra erscheinen. Die Verwandlung war perfekt.

»Das war …« Sakura schwebte zitternd vor Anspannung zu Boden. »Das war das schönste, was mir in meinem ganzen Leben passiert ist!« Er wischte sich die Tränen aus den Augen. »Danke, Blob, danke!«

»Nichts zu …« Krachend fiel ein Haufen Papier vom Himmel und zersprengte Blob ein weiteres Mal in abertausend Wassertropfen.

»Blob!« Sakura war nun zwar gefasster, aber nicht weniger erschrocken über das plötzliche Ableben seines magischen Freundes. Doch er fing sich sofort wieder. Er sprang auf den höchsten Papierberg und verschränkte die Arme. »Shibaraku! Halte inne, du Unhold!« Diesmal hatte er seine Rede perfekt vorbereitet.

Der Elf im Druckerpanzer öffnete eine Seitenluke und funkelte Sakura giftig an. »Alles Fehldrucke!«

Mezcal und Spruce, sowie Tundra und Metal gesellten sich zu Sakura. Taro hatte darauf bestanden die Posen für den Ernstfall perfekt einzustudieren, sodass ihnen die Bewegungen und Worte nun flüssig von den Lippen gingen.

»Erst heiß machen …«, fing Metal Infuser an und leckte sich über die Lippen, bevor er die Hände theatralisch an die Stirn und die Brust legte.

»… dann abspritzen!«, beendete Tundra Infuser mit einer Revolverhand den Satz. Er wirkte angespannt, da er einbeinig stehen musste und der Papierhaufen nicht gerade stabil war.

»Sweet!«, rief Spruce Infuser und machte einen leichten Knicks und eine Kusshand.

»Sweat!«, ergänzte Mezcal Infuser und hob Oberarm und Faust, bevor er den taumelnden Tunda stützte.

»Swoop!«, Sakura Infuser wedelte mit den Armen und stellte sich breitbeinig wie ein japanischer Kabuki-Schauspieler auf.

…

…

Der Elf knallte kommentarlos die Klappe seines Druckerpanzers zu und fuhr weiter die Papierberge auf und ab. Inzwischen waren die einzelnen Blätter so hoch wie das dreigeschossige Hauptgebäude des Internats.

Sakura schürzte enttäuscht die Lippen. »Ein bisschen mehr Aufmerksamkeit hätte ich mir schon gewünscht!« Er zuckte mit den Schultern. »Wie auch immer! Fantastic Sakurastick!« Er hob die Hand und ließ seinen quietschrosa Kirschblütenstab erscheinen.

E 171
...

Auch die anderen beschworen ihre Waffen.

Metal Infuser preschte voran. »Metal Hammer!« Mit wildem Gebrüll schlug er auf die Papierhaufen zu seiner Linken und Rechten ein. Sofort begannen sie zu schrumpfen und verschwanden unter einer Welle schwarzer Tinte.

Da der Weg nun frei war, stürmten Tundra Infuser und Mezcal Infuser auf den Druckerpanzer zu und beschossen ihn mit Gewehrkugeln aus gelbem und Säbelstreichen aus weißem Licht.

Einzig und allein Spruce Infuser verharrte in sicherer Entfernung auf einem Papierhaufen und beobachtete auf seine Sense gestützt das Geschehen.

Blob erschien neben ihm und machte es sich auf dem Sensenblatt bequem. Sofort begann er seine Form zu verlieren und ähnlich wie Marmelade über ein Messer zu tropfen. »Willst du ihnen nicht helfen?«

Währenddessen wagte sich auch Sakura sich ins Getümmel und dekorierte das Papier mit Kirschblüten aus Licht. Ein frischer Blütenduft breitete sich aus und vermischte sich mit den anderen Farbessenzen.

Spruce schüttelte den Kopf. »Ich frage mich, wer oder was so ein Monster erschaffen hat. Nur weil jemand vielleicht einen schlechten Tag hat und weil seine Flyer nicht gut geworden sind, wird er doch nicht gleich zum Elfen, der die ganze Schule terrorisiert.«

Blob tropfte von der Sense hinab und verdichtete sich zu Spruces Füßen erneut. »Wenn du mich fragst, ist eindeutig ein fauler Zauber am Werk.«

Spruce rümpfte kritisch die Nase. »Ach, darauf wäre ich nun wirklich nicht gekommen, wo wir doch auch ein ungeplanter Zauber sind!« Während er gedankenverloren eine cyanblaue Ponysträhne zwirbelte, konnte er beobachten, wie das Monster erneut eine Ladung Papier verschoss. Darauf musste Mezcal Sakura aus einem Papiergrab befreien.

Blob wurde unruhig. »Spruce Infuser, ich weiß, dass du dir ungern die Hände schmutzig machst, weil du es nicht elegant findest, aber wir müssen jetzt diesen Elf stoppen.« Wieder brodelte sein Wasserkörper, als würde er erröten. »Und wenn du es nicht für dich tust, tu es wenigstens für mich. In diesem Kopierer steckt immerhin etwas Kondensat meines Körpers und das hätte ich gerne zurück!«

Spruce hielt inne und starrte Blob mit großen Augen an. »Stoppen? Einen Kopierer stoppen?« Die Erkenntnis durchfuhr ihn wie der Blitz. Er lächelte flüchtig. »Das ist es! Danke, Blob!« Er machte einen großen Ausfallschritt und sprang in hohem Bogen in Richtung des Geschehens. Die Schleife an seiner Bauchschärpe flatterte im Wind hinter ihm her. Im Fallen wirbelte er seine Sense wie einen Propeller.

»Papierverschwendung! Alles ist krumm! Die Tintenpatrone ist fast leer!«, zeterte der Elf mit der Nummer E 171. Zornig visierte er Metal Infuser an, der seine Fehldrucke zu schwarzen Klumpen verunstaltet hatte. »Nimm das! Mehr Papier!« Der Panzer begann erneut zu rattern und die Druckerklappe öffnete sich.

Auf diesen Moment hatte Spruce gewartet. Kopfüber stürzte er sich herab. Die Sense erstrahlte in cyanblauem Sternenglanz. »Haute Couture!« Mit einem gezielten Schnitt durchtrennte er die ausströmenden Seiten, die sich daraufhin in der Klappe verfingen.

Der Druckerpanzer begann zu stottern und zu rauchen. »Papierstau! Papierstau!«

»Sakura, tu es!«, rief Mezcal Infuser angestrengt, während er Tundra ein weiteres Mal ausgraben musste.

Als Spruce gekonnt landete, stürmte Sakura auf das handlungsunfähig gewordene Kopierermonster E 171. Er konzentrierte all seine Energie auf die Spitze des Kirschblütenstabs. »Rainbow Relax Revolution!«

Ein Schwall magentafarbenen Sternenstaubes hüllte den Druckerpanzer ein. Im Kirschblütenreigen zerfiel der Kampfkopierer und hinterließ, wie auch beim letzten Mal, einen irritierten Elfen. Das Papiergebirge kam ins Rutschen und verschwand wie durch Zauberhand.

Sakura zwinkerte dem titanweisen Elfen-Soldaten freundlich zu und reichte ihm die Hand. »Sag mir, mein kleiner Freund, warum bist du so gestresst, dass du ständig neue Flyer drucken musst?«

Der Elf schluckte. »Mir reicht es! Dieses Jahr muss ich mich fast alleine um die Organisation der Eiersuche kümmern. Und alles geht schief. Erst findet der Computer den Druckertreiber nicht und ich muss zum Copyshop laufen, nur damit dort alles schief gedruckt und angeschnitten wird und die Farben nicht stimmen. Wer will denn solche hässlichen Flyer haben?«

Sakura zog einen der Flyer, den er im Café aufgesammelt hatte, aus dem Ärmel. Nun erkannte er auch den Schüler wieder. Es war Kaplanis Plakadis, Mitglied der griechischen Volkstanzgruppe, der dieses Jahr zum Osterkomitee gehörte und die Aufgabe hatte überall Papp-plakate aufzuhängen. »Meinst du den hier? Der sieht doch ganz ordentlich aus. Man kann alle Daten lesen und das Motiv hat wirklich sehr hübsche Farben. Wahrscheinlich setzt du dich zu sehr unter Druck und achtest auf Kleinigkeiten, die anderen nicht einmal auffallen würden. Denk nur einmal an die vielen Bäume, die gefällt werden müssten, wenn jeder alles gleich nachdrucken würde, bloß weil es ein bisschen krumm ist. Wärst du gerne einer von diesen Bäumen?«

Der Elf schluchzte herzzerreißend und zog die laufende Nase hoch. »Du hast vollkommen recht! Wie konnte ich das nur vergessen!« Er wischte seine Tränen ab und druckste leise vor sich hin. »Danke, Sakura Infuser!«

Sakura zwinkerte ihm zu. »Auch aus einem Fehler kann manchmal ungeahnt Schönes entstehen. Sieh dir nur mal die Menschen an, die Mutter Natur bestimmt nicht geplant hatte. Würdest du diese etwa umtauschen wollen, wo es ohne sie doch keine Feste geben würde, auf die man sich freuen könnte?« Darauf wandte er sich lächelnd an Spruce. »Möchtest du ihm diesmal helfen?“

Spruce spannte nervös die Schultern an. »Wenn das geht?« Er blickte verunsichert zu Blob.

»Diesbezüglich existiert kein Paragraph im Heldenvertrag. Nur zu!« Blob nickte blubbernd.

»Okay, gut.« Spruce atmete tief durch, schloss die Augen und hob die Spruce Scythe zum Himmel. Auch diese erstrahlte, wie zuvor der Fantastic Sakurastick, und verwandelte sich darauf in einen Saunazuber mit Schöpfkelle. »Und nun, du arme gestresste Seele, ist es Zeit für eine Abkühlung! Rainbow Relax Ressurection!«

Unter einem Schwall Saunaessenz wurde der Elf geläutert. Die Farbessenz entwich in einer zischenden Dampfwolke und hinterließ den abgekühlten Kaplanis, der darauf unbeeindruckt zurück in seine Club-Blockhütte ging, als hätte der Kampf niemals stattgefunden.

Blob flog umher und sammelte die kondensierten Tropfen mit seinem Wasserkörper auf.

Spruces Anspannung ließ nach und er begann die Hitze zu spüren, die sich ich in seinem Körper angestaut hatte.

Auch Sakura wurde leicht schummrig vor den Augen. »Sind die fünfzehn Minuten schon vorbei?«, lallte er verwirrt. Er konnte sich nicht mehr auf den Beinen halten und torkelte benommen hin und her.

Tundra schnalzte mit der Zunge und fing ihn auf.

Mezcal hakte sich stützend bei Spruce unter. »Nein, das waren gerade einmal fünf Minuten!«

»Was für Weicheier!« Tundra warf Sakura wie einen nassen Sack über seine Schultern und trug ihn zur Blockhütte des Spa-Clubs. Doch etwas kam ihm komisch vor. Aus den Augenwinkeln konnte er drei Schemen im Dickicht des Schulwaldes erkennen, die sie mit glühenden Fuchs-, Bären- und Wolfsaugen beobachteten.

Auch Metal schien etwas bemerkt zu haben. Doch als er genauer hinsehen wollte, war der Spuk vorbei. Metal zuckte mit den Schultern. »Waren wohl doch nur wilde Tiere.«

***

»Für die Helden des Tages!« John stellte zwei große Eisbecher mit Wunderkerzen vor Taro und Anders auf den Tisch und klopfte ihnen anerkennend auf die Schultern.

Tauno pfiff und klatschte Applaus.

Sogar Ivan nickte ihnen zu.

Doch Taro und Anders hatten keine Augen für Lob und weltliche Leckereien, da sie sich gerade mit virtuellen Dingen befassten.

»Da du deinen Account nun eingerichtet und das Intro durchgespielt hast, ist es Zeit für deinen ersten Gratiszug aus der Idol-Losbox.« Gebannt starrte Anders auf Taros Smartphone. Es war ein feierlicher Moment, der durch nichts in der Welt unterbrochen werden sollte.

Taros Finger zitterten, als er das Gold-Ticket anwählte. »Wen ich wohl bekomme?«

Eine Fanfare ertönte. Sieben Karten ploppten nach und nach auf dem Bildschirm auf.

Anders kommentierte die Auswahl. »Nun, da haben wir die Fußballerin Shirin, die schwäbische Sparfüchsin Penny, Frauke aus dem Norden, die katholische Chorsängerin Tine, nochmal Tine, Luis der Crossdresser und … Waltraud!« Anders ließ sich zurückfallen. Alle Farbe war mit einem Mal aus seinem hübschen Gesicht gewichen. Seine Mundwinkel zuckten. »Waltraud. Im Dirndl. Frühlingsfest-Set.«

Taro war verwirrt. »Ist das nun gut oder schlecht?« Er sah sich die Karten genauer an. »Moment, diese hier ist golden. Ist das ultraselten? Anders? Hallo?«

Anders lachte nervös. Taro hatte genau die Karte gezogen, die er unbedingt haben wollte und die er trotz hundert teurer Versuche nicht bekommen hatte. Einfach so, mit einem Gratis-Ticket. Er fühlte sich ausgebrannt wie die Wunderkerzen auf den Eisbechern und seufzte resignierend. »Vielleicht sollte ich dir deine neuen Klamotten doch in Rechnung stellen.«

ERIKOIS-
VEHNÄJAUHO
Aufguss 03
E 127: Erythrosin

Norton Kaspersky hasste Bakterien und Viren. Überall lauerten diese unsichtbaren Gefahren. Allein der Gedanke daran, was alles an einer Türklinke klebte, ließ einen kalten Schauer über seinen Rücken laufen. Während er sich die Hände nun schon zum dritten Mal gründlich einseifte und schrubbte, bis sie ganz rot wurden, betrachtete er sein gestresstes Gesicht im Spiegel. Kalter Schweiß stand ihm auf der Stirn, die von violettem Haar umrahmt wurde. Schweiß, der bestimmt auch angereichert war mit ekelhaften Keimen, die ihn krank machen wollten. Also wusch er sich auch das Gesicht, desinfizierte mit Desinfektionsmitteln zuerst den Desinfektionsmittelspender, anschließend den Griff des Badezimmerschranks und darauf seine Hände. Erst dann fasste er den Griff an, nahm sich ein frisches, selbstverständlich bei 90 Grad Kochwäsche gewaschenes Handtuch heraus und trocknete sich das Gesicht und die Hände ab. Zum Schluss warf er das einmal benutzte Handtuch in die Wäschebox, die er selbstverständlich nur mit dem Handtuch in den Händen angefasst hatte, desinfizierte nun eine kleine Dose auf der Spiegelablage und dann wieder seine Hände, bevor er die Dose öffnete und ein paar der in seinen Augen garantiert sterilen Globuli zu sich nahm.

Ja, Norton Kaspersky hasste Bakterien und Viren. Und es war ein Graus für ihn in einem Zweibettzimmer in einem Internat zu leben, auf dem es vor gefährlichen Keimen nur so wimmelte. Der ganze Stress machte ihn noch ganz krank. Zum Glück gab es wenigstens einen

Menschen in diesem Irrenhaus, der ihn verstand. Reiner, sein spiritueller Begleiter, hatte immer einen guten Rat für ihn parat. Er half ihm dabei seine Aura zu verstärken, damit die schädlichen Einflüsse nicht mehr zu ihm durchdringen konnten. Als sich die von Reiner verschriebenen Globuli unter seiner Zunge aufgelöst und er heruntergeschluckt hatte, fühlte er sich tatsächlich etwas besser.

***

Langsam wurden die Tage wieder länger. Schnee und Eis wichen zurück und die ersten Knospen sprossen an Bäumen und Sträuchern. Auch die Vögel kehrten aus ihren Winterquartieren zurück und hüpften munter von Ast zu Ast.

Cordelius setzte das Fernglas ab und wischte sich eine Träne aus dem Augenwinkel. »Es ist wundervoll, dass die Natur hier noch intakt ist. Seht nur, ein Buntspecht!« Aufgeregt widmete er sich weiter seiner Vogelschau.

»Meinst du mich?«, fragte Reiner und blätterte grinsend in einer mehrseitigen Statistik. Er hatte sich extra zur Feier des Osterfestes einen farbenfrohen Batikschal übergeworfen.

Cordelius gab ein verstimmtes Knurren von sich. »Diese Naturschänder! Auf dieser Wiese blühen gerade die Krokusse und Narzissen, was fällt ihnen ein darauf herumzutrampeln?« Er knirschte mit den Zähnen und umklammerte seinen Feldstecher fester.

Nanda trat nun ebenfalls ans Fenster. »Sie sind auf der Suche nach Ostereiern, die von der Schulleitung im Gras versteckt worden sind«, stellte er nüchtern fest. Wie immer trug er seinen weißen Laborkittel über der Schuluniform. Nanda genoss es nämlich, dass man ihm mit Kittel automatisch eine hohe Kompetenz zuschrieb. Deshalb hatte er ihn stets an – mit Ausnahme zum Duschen oder zum Schlafen.

»Laut Statistik der Krankschreibungen nimmt die Zahl der Schüler, die wegen depressiver Verstimmung einige Tage und Wochen ausfallen, wieder ab«, erklärte Reiner das Gelesene. »Ich gebe es ungern zu, aber Sonnenlicht und frische Luft sind wohl die beste Therapie gegen den Winter-Blues … auch wenn es mich freuen würde, wenn allein meine spirituellen Sitzungen der Grund für die gestiegene Zufriedenheitsquote sind.« Er holte ein Kristallpendel aus der Hosentasche und ließ es über dem Papier kreisen. »Oh, ich empfange ein Zeichen!« Er nahm einen tiefen Atemzug und verdrehte leicht die Augen. »Meine Aufgabe in diesem grobstofflichen Körper ist noch lange nicht beendet.« Das Pendel schlug aus und zeigte auf einen Namen. »Mein Astralwächter hat mir gerade eingegeben, dass wir Besuch bekommen werden. Sein Name … ist Dennis Biggins!«

Es klopfte an der Tür.

»Herein!«, bellte Cordelius gereizt. Er hatte soeben Anders entdeckt, der sich mitten in das blühende Narzissenbeet gekniet hatte, sowie Tauno, der ein paar Fotos von ihm machte.

»H… Hallo?«, der Besucher trat schüchtern ein und nickte Reiner zu. »Dennis Biggins. Du hast angeboten, mir heute die Karten zu lesen?« Dennis war kräftig gebaut und rotbackig wie ein Apfel. Trotzdem lag ein sorgenvoller Ausdruck in seinen Augen.

Reiner verstaute das Pendel wieder in seiner Hosentasche und erhob sich feierlich. »Es ist wundervoll, dass sich unsere Auren nun kreuzen. Komm herein und wir werfen gemeinsam einen Blick in deine Zukunft.«

Nanda musste schmunzeln. Reiner hatte also vorab einen Termin ausgemacht und das Pendel nur zum Spaß über dem Papier kreisen lassen. »Soll ich einen Tee aufbrühen?«

Reiner bejahte und öffnete die Tür zu seinem Meditationsraum. Heute roch es nach Sandelholz und Patschuli. Er wandte sich noch einmal um. »Und bitte vergiss nicht die Zuckerdose. Aber was sage ich, ich kann fühlen, dass dein Astralwächter dich bereits daran erinnert hat, Nanda.« Daraufhin verschwanden Reiner und sein Besucher in dem dunklen Nebenzimmer.

»Und denk daran …« begann Cordelius.

»… den Wasserkocher manuell auszuschalten, sobald das Wasser zu sieden beginnt«, ergänzte Nanda und machte sich ans Werk. »Ich werde es niemals vergessen. Wer sonst soll diesen Planeten zu einem besseren Ort machen, wenn nicht wir?«

***

Es war Freitag auf der Saint Claus Academy. Und wie jeden Freitag traf sich auch heute der Spa-Club für einen besonderen Aufguss. Heute stand ein etwas anderes Sauna-Erlebnis auf dem Plan, denn Anders war der Saunameister.

Tauno, John und Ivan, heute ohne Saunahut, hatten es sich in der obersten Reihe bequem gemacht.

Taro saß wie immer auf der untersten Bank und beobachtete gespannt das Geschehen. Ohne Brille sah er zwar nur die Hälfte, doch es reichte ihm aus, um zu erkennen, dass Anders eine nach Veilchen duftende Saunaessenz in den Zuber geträufelt hatte.

Die drei Herren in der obersten Reihe langweilten sich. Wenn Anders, oder auch Herr Etepetete, wie Tauno ihn oft scherzhaft zu nennen pflegte, einen Aufguss machte, dann war die Grundtemperatur des Saunaofens stets so niedrig eingestellt, dass man selbst auf der obersten Bank kaum ins Schwitzen kam. Es war eine 60 Grad heiße Bio-Sauna, die auch ältere Herrschaften und kleine Kinder problemlos genießen konnten.

»Worüber ich mir übrigens schon die ganze Zeit Gedanken mache …«, begann Tauno flüsternd ein Gespräch.

Ivan rollte mit den Augen und wollte von ihm wegrücken, doch er saß eingekeilt zwischen ihm und John.

»… die ganze Schule sucht dieses Wochenende wie verrückt nach den beiden goldenen Eiern des Schulleiters.« Er öffnete seinen eigens für die Sauna geflochtenen Zopf, der ihm die Züge einer bekannten Eisprinzessin gab, und begann erneut Strähne für Strähne zu flechten.

»Jeder hätte gerne eines von den goldenen Eiern, du nicht?«, fragte John und lehnte sich zurück. »Für einen Jahresvorrat an Grillfleisch und Hopfenkaltschale hätten wir sicherlich auch eine Verwendung.«

Anders schüttete etwas Veilchenwasser auf die heißen Steine des Saunaofens und begann mit einer schweren Stofffahne die aufsteigende Hitze im Raum zu verteilen.

Tauno kräuselte die Stirn. »Nein, darauf will ich gar nicht hinaus.« Er deutete auf Taro, der begeistert in die Hände klatschte und Anders unverständliche japanische Worte zujubelte.

»Ah, du denkst bestimmt gerade an den Elefanten, der mit den zwei goldenen Eiern zu tun hat«, warf Ivan ein.

Tauno nickte. »Genau. Ist euch schon einmal aufgefallen, dass man Taro noch nie nackt gesehen hat?«

John beugte sich vor und stützte die Hände auf die Knie. Langsam kam die feuchte Hitze bei ihm an. Er seufzte zufrieden. »Du meinst ohne-Handtuch-nackt? So richtig Elefanten-nackt?«

Ivan lachte leise. »Stimmt, er versteckt sich immer beim Duschen und hat in der Sauna stets ein Handtuch um sein spirituelles Zentrum geschlungen.«

Anders legte ein weiteres Mal nach und streute auch etwas Eis auf die heißen Steine.

Ivans pigmentlose Haut verfärbte sich langsam rot.

Tauno legte grübelnd die Hand ans Kinn. »Ich würde echt gerne wissen, ob an der ominösen Statistik etwas dran ist. Ihr wisst doch, welche ich meine. Die über die Größe von afrikanischen, asiatischen und Waldelefanten. So wie er sich benimmt, könnte man fast meinen, er hat unsere Elefanten gesehen und ist nun verunsichert.«

»Oder er hat Thors Hammer und ist auf seine Art so nett, uns nicht in Verlegenheit bringen zu wollen«, ergänzte Ivan.

Die Drei in der obersten Reihe begannen zu lachen.

Anders kräuselte die Lippen. »Schhht!«

»Entschuldigt, Eure Säuerlichkeit!« Tauno zwinkerte und verbeugte sich leicht. »Aber mal im Ernst«, kehrte er zum Thema zurück, »ich bin total neugierig. Was ist, wenn er vielleicht gar kein Junge ist und sich deshalb nicht traut vor uns blank zu ziehen?«

Die anderen beiden blickten erst irritiert zu Tauno und beobachteten darauf Taro, der zufrieden die aufsteigende Hitze genoss. Sie sahen seinen zarten Nacken, die schmalen Schultern und riefen sich ins Gedächtnis, wie feminin er lief, aß und sich äußerte. Ein seltsames Gefühl breitete sich in ihnen aus.

Ivan schluckte. »Er ist wirklich süß.«

John und Tauno nickten zustimmend. »Ja, das ist er.«

Ivan wischte sich den Schweiß von der Stirn und blickte die beiden ernst an. »Also tun wir es?«

John hob den Daumen.

Taunos Gesicht verzog sich zu einem diebischen Grinsen. »Top, die Wette gilt!«

***

Dennis Biggins zitterte wie Espenlaub. Rauchschwaden stiegen kerzengerade von den zahlreichen Räucherstäbchen auf, die Reiner zu Beginn ihrer Sitzung angezündet hatte und kräuselten sich, wann immer der Esoteriker einen tiefen Atemzug nahm.

Nachdem Dennis zwei Kartenstapel gemischt und jeweils die oberste und unterste Karte verdeckt auf einem tiefroten Tischtuch ausgelegt hatte, vollzog Reiners Persönlichkeit einen Wandel, der ihm einen kalten Schauer über den Rücken jagte.

Reiner hatte die Augen geschlossen. Seine Lider flatterten. Blind ließ er seine Hände über die vier im Quadrat angeordneten Karten fahren. »Ich kann es sehen. Direkt vor meinem dritten Auge.«, er lächelte zufrieden und deckte die Karten auf.

Dennis schluckte laut. Seine Schultern spannten sich an. Auf seiner Stirn hatten sich Schweißperlen gebildet. Sein Mund öffnete sich leicht.

»Sag nichts!« Reiner hob die Hand. Für einen Moment wirkte er wie der erleuchtete Buddha.

Dennis Finger verkrampften sich im Schoß.

»Mit diesen vier Karten kann ich dir ganz genau sagen, was dir wirklich auf dem Herzen liegt.« Seine graublauen Augen wechselten zwischen den Tarotkarten und Dennis hin und her.

Wieder atmete er hörbar ein und aus, bevor er auf die erste Karte tippte. »Die zwei Scheiben zeigen mir, dass du dir einen Wechsel wünschst. Du bist der Clubleiter des Tischtennisclubs, richtig?«

Dennis zuckte zusammen. »Das stimmt!«

Reiner lächelte flüchtig. »Sieh dir nun die zweite Karte an. Das ist der Hohepriester. Ein Zeichen dafür, dass du dein Wissen erweitern und deiner Intuition stärker vertrauen möchtest.« Wieder schloss er für einen unendlich langen Moment die Augen. Das Flackern der Kerzen spielte mit seinen Gesichtszügen.

Dennis konnte nicht sagen, ob Reiner nun lächelte, ihn verspottete oder todernst dreinblickte.

»Der Hohepriester«, fuhr er fort, »bin ich. Du hast mich gerufen und ich bin dir erschienen.« Er tippte nun die dritte Karte an. »Das bist du. Der Gehängte.«

Dennis konnte spüren, wie sich sein Magen verkrampfte.

»Diese Karte steht für Stillstand und für eingefahrene Verhaltensmuster.« Er musterte ihn kritisch. »Kann es sein, dass der Tischtennisclub im letzten Halbjahr mit einem Mitgliederschwund zu kämpfen hatte und du nicht weißt, was du dagegen tun kannst?«

Ein Schweißtropfen rann über Dennis Wange. »J… Ja, das stimmt. Ich frage mich oft, ob es mit mir zu tun hat, dass in diesem Jahr keine neuen Schüler unserem Club beitreten wollten und viele gegangen sind.« Er presste die Lippen zusammen. »Wir haben Plakate aufgehängt und herumgefragt, aber niemand wollte mitmachen.«

Reiner nickte wissend. »Eine schwierige Situation. Deswegen hast du im Winter aus Frust sehr viel gegessen und etwas zugenommen, richtig?«, sprach er das Offensichtliche aus.

Dennis verschränkte angespannt die Arme. »Ich wollte das eigentlich gar nicht. Aber alles erschien mir auf einmal wertlos und leer. Also habe ich gegessen.«

Reiner deutete auf die letzte der vier Karten. »Essen allein mag vielleicht die Leere in deinem Magen füllen, aber nicht die Leere in deinem Herzen. Aber zum Glück zeigt dir die Prinzessin der Stäbe den Ausweg.« Wieder hinterließ der flackernde Kerzenschein ein unheimliches Lächeln auf seinen Zügen.

Dennis wollte etwas erwidern, doch Reiner hob erneut die Hand und legte einen Zeigefinger auf die Lippen. »Du wirst einen Neuanfang erhalten. Einen Neuanfang, der dir hilft all deinen Stress und deine Ängste hinter dir zu lassen.«

Dennis Nerven waren zum Zerreißen gespannt. »Und wie schaffe ich das? Soll ich etwa Tischtennis sein lassen und einen neuen Club gründen? Oder die Schule schmeißen und bis nach Amerika trampen?« Er sprang auf und ballte die Fäuste. »Sag es mir, Reiner, bitte!«

Die Rauchschwaden zerstoben zu diffusen Wolken. Der warme Duft nach Sandelholz erschwerte das Atmen.

Reiner legte die Karten wieder zusammen. »Wie du das schaffst?«, fragte er. Seine Augen verengten sich zu Schlitzen und ließen ihn wie einen listigen Fuchs wirken. »Ganz einfach: nimm ein paar Globuli und lass deine Energie wieder fließen. Der Rest ergibt sich von ganz allein.«

***

Taro lief das Wasser im Mund zusammen. Bis zum heutigen Tage hatte er nicht einmal darüber nachgedacht, wie sehr ihm die heimische Küche fehlte. Zu Beginn war es ihm nämlich noch schwergefallen, statt mit Reis, Fisch und Misosuppe mit Früchtemüsli und Milch in den Tag zu starten, doch bereits nach zwei Wochen hatte sich seine Verdauung beruhigt, sodass es ihm vorkam, als hätte er noch nie etwas anderes zum Frühstück gegessen. Doch nun, da die Schweineknochenbrühe durchgezogen war und John wie ein Profi die Ramen-Nudeln in einer großen Schüssel mit Schweinefleisch, einem halbierten Ei, Noriblättern und Bonitoflocken anrichtete, bekam Taro gewaltigen Hunger und noch gewaltigeres Heimweh. »Und das war auch wirklich kein Problem, diese Zutaten zu bekommen? Wenn es zu teuer war, beteilige ich mich natürlich an den Kosten!«, entschuldigte er sich und stellt erfreut fest, dass John sogar an Essstäbchen gedacht hatte.

John winkte ab. »Die Welt ist riesengroß und es gibt viel zu entdecken.« Er lächelte zufrieden. »Mit dir habe ich jetzt einen fachkundigen Experten für die japanische Küche. Ich wäre ganz schön blöd, wenn ich das nicht ausnutzen würde.« Die Ramen-Schüssel war fast bis zum Rand mit kochend heißer Brühe gefüllt. Während Taro vor Aufregung auf dem Stuhl hin und her wippte, balancierte John die Schüssel in einer

Hand von der Anrichte zum Tisch. Seine Fingerkuppen begannen vor Hitze zu schmerzen, doch er ließ sich nichts anmerken.

»Ramen, Ramen, Ra-, Ra-, Ramen!«, sang Taro vergnügt und brach die Holzstäbchen auseinander. Doch als eine ungleichmäßige Bruchkante entstand, änderte sich seine Stimmung schlagartig. »Oh«, sagte er betrübt. »Das bringt Unglück.«

»Unglück?«, John hob verwundert eine Augenbraue. Es waren noch drei Schritte bis zum Tisch. Der Schmerz in seinen Fingern wurde unerträglich.

»Ja«, erklärte Taro. »Wenn die Stäbchen nicht genau in der Mitte brechen, ist das ein schlechtes Zeichen. Ein ganz schlechtes Zeichen!«

John zuckte mit den Schultern. »Ich weiß nicht, was du meinst. Das ist doch nur …«, er blieb mit den Badeschlappen hängen und kam ins Straucheln, »Ho… Ho…«

»Ho?«, fragte Taro.

»Hoooooolz!"«, vollendete John seinen Satz, während er elegant wie eine Ballerina nach vorne glitt. Die Schüssel rutschte ihm aus der Hand. Heiße, milchig weiße Brühe ergoss sich wie Poesie in der Luft. Das halbe Ei vollzog Pirouetten, während die Ramen-Nudeln sich anschickten Taro eine blonde Perücke zu verpassen.

PLATSCH!

Taro sprang erschrocken auf. »Iiih!« Stuhl und Schüssel fielen zu Boden. Er prustete, wischte sich über die Brille und kostete die salzigen Tropfen auf seinen Lippen. *Wow! Da bekam man gleich Lust auf mehr!* Zu schade, dass er alles nun nicht in, sondern auf seinem Bauch hatte.

»Ist alles in Ordnung?« John schlitterte über die Noriblätter und vollzog eine elegante Wendung. »Tut mir schrecklich leid!« Er huschte in die Küche, holte ein Handtuch und begann die Nudeln von Taro, der noch immer in Schockstarre inmitten des Chaos stand, abzulesen. »Mensch, Taro, du bist ganz feucht!« Er zog an seinem Pullover. »Vielleicht solltest du dich ausziehen.« Er holte ein zweites Handtuch und begann nun auch Taros Hose abzuwischen. »Hier habe ich dich auch vollgekleckert! Am besten ziehst du gleich alles aus und wir schmeißen es in die Wäsche! Sorry, wirklich! Keine Absicht!«

Taro erwachte aus seiner Starre.

John nahm ihm die Brille ab, zog ihm den Pullover aus und half ihm dabei die Hose herunterzuziehen. »Oh nein!«, rief er übertrieben überrascht. »Sogar deine Unterhose ist klatschnass! Die muss natürlich auch gewaschen werden!« Er griff nach Taros Hosenbund, als wäre dies das Normalste der Welt.

»John?« Taro umfasste sein Handgelenk.

»Ja?« John hielt inne und hob eine Augenbraue. Taros Griff war überraschend kräftig.

»Lass das bitte.« Auch sein Blick war mit einem mal überraschend ernst.

John fühlte sich verunsichert. »Okay?« Er trat einen Schritt zurück und begutachtete Taro inmitten des

Chaos. Er hatte so viel Aufwand betrieben und es trotzdem nicht geschafft, die Elefantenwette zu gewinnen. »Mist!«

Taro hob seine Sachen auf. Ihm wurde kalt. »Wie bitte?«

John winkte ab. »Nichts! Ach, es ist nichts!« Fast hatte Taro ihn erwischt. »In der Umkleide liegt noch ein frischer Trainingsanzug von mir. Den kannst du gerne anziehen, damit du nicht nackt zu deinem Zimmer laufen musst.«

Taro seufzte erleichtert. »Vielen Dank!« Johns Blicke waren ihm unangenehm. Als er die Umkleide betrat und sich noch einmal kurz umwandte, konnte er John schmollend das Geschirrtuch kneten sehen. *Seltsam. Wirklich sehr seltsam.* Er schloss die Tür und atmete tief durch. Sein Magen knurrte. Seine Unterhose war nass und unangenehm kalt, doch roch sie so lecker nach Brühe, dass er sie am liebsten aufgegessen hätte. Er musste sich zusammenreißen und auf das Wesentliche konzentrieren. Also zog er sie aus und lief zum Wäscheregal. Tatsächlich lag dort neben den Saunahandtüchern ein gelber Trainingsanzug, wie ihn John hin und wieder einmal trug. Taro hob ihn hoch und musterte ihn kritisch. Er war frisch gewaschen, wohlriechend und so hingelegt, dass man ihn nicht übersehen konnte. Die Hose war viel zu lang, sodass er die Beine mehrmals umkrempeln musste, um nicht auf den Saum zu treten. Auch der Bund war viel zu weit, doch ließ er sich zum Glück enger schnüren. Als er zum Schluss die passende

Trainingsjacke anzog, wurde ihm bewusst, wie viel größer und muskulöser John doch gebaut war, denn diese hing ihm fast bis in die Kniekehlen. Er zuckte mit den Schultern und krempelte auch die Ärmel hoch. John hatte vielleicht einiges mehr an Körpergröße, aber dafür passte er in der Metro nicht auf den kleinstmöglichen freien Platz. »Wenn wir beide Autos wären, würde ich weniger Sprit verbrauchen und in die kleinere Parklücke passen. Klein und effizient! Und das ist gut so!«

Nachdem er sich umgezogen hatte, wartete auch schon der Nächste auf ihn. Tauno saß auf seinem Platz, grinste ihn an und verspeiste eine Portion Ramen, während John fleißig mit dem Schrubber um ihn herumsauste und die Reste der Brühe aufwischte. »Hallöchen!«

Taro hob die Hand zum Gruß. *Aß Tauno gerade ernsthaft seine Portion? Und warum ließ John das zu?* Er musste sich zusammenreißen, um nicht verletzt zu wirken und setzte sich schweigend zu ihm.

Als er seine Mahlzeit beendet hatte und sich mit einem schwarzen Stofftaschentuch den Mund abtupfte, initiierte Tauno ein Gespräch. »Nun, Taro, hast du dich gut eingelebt? Du bist inzwischen einen Monat bei uns und es ist bestimmt noch vieles verwirrend und neu für dich.«, er zwinkerte ihm zu.

Taro zuckte mit den Schultern und stützte den Kopf auf die Hände. »Es ist anders und doch irgendwie gleich.«

Tauno nickte. »Mhm, es ist ja auch nicht so, als wärst du plötzlich auf einem anderen Planeten gelandet, auf dem alles verkehrt herum ist.« Er räusperte sich. »Aber mal ehrlich, vermisst du dein Zuhause? Bestimmt hast du daheim jemanden, der auf dich wartet und vor Sehnsucht Liebeskummer bekommt. Nicht?«

Taro sah ihn fragend an. »Warum sollten meine Eltern und meine Schwestern Liebeskummer haben?«

Tauno versuchte sich klarer auszudrücken. »Du hast doch bestimmt eine Freundin daheim? Oder einen Freund? Wenn du hier bist, ganz allein, bist du dann nicht manchmal etwas einsam?« Er zog zwei Hefte aus der Tasche und legte sie auf den Tisch.

Taro verstand es immer noch nicht.

Tauno räusperte sich erneut und deutete auf die Magazine, die eindeutig für Erwachsene waren. »Das da, oder das da?« Er tippte auf leicht bekleidete Damen und Herren. Er schien einen Frosch im Hals zu bekommen. »U… Und frag mich bitte nicht, woher ich die Bauarbeiterzeitung habe! Ich nehme natürlich die sexy Ladies!«

Zum zweiten Mal an diesem Tag sprang Taro vom Tisch auf und begann herumzudrucksen. »Die sind ja alle nackt!« Wieder kippte der Stuhl um. Doch diesmal reagierte John sofort und fing ihn auf. *Warum mussten Europäer nur immer so direkt sein? Wie peinlich!*

Tauno grinste ihn verschmitzt an. »Komm, unter Saunabrüdern darf man doch solche Sachen mal austauschen. John zum Beispiel, der mag …«

»Hey!«, mischte sich der Hispanier ein und hob drohend den Schrubber. Seine Ohren waren knallrot geworden. »Lasst mich aus dieser Sache raus!«

Tauno zuckte mit den Schultern. »Wie auch immer. Ich dachte, wir könnten uns etwas besser kennenlernen. Ich will dich nämlich nicht in Verlegenheit bringen oder deine Gefühle verletzen, falls ich irgendwann mal ein paar erwachsene Sprüche klopfen sollte. Deswegen wollte ich diskret fragen, von welchem Ufer bei dir der Wind weht.«

»Ach so ist das!« Taro schlug mit der Faust in die Hand. Seine Augen blitzten vor Freude auf. »Ich zeige dir gerne, was mir gefällt! Gib mir zehn Minuten!« Im nächsten Moment sauste er aus der Blockhütte und rannte zu seinem Zimmer in einem der dreistöckigen Wohnhäuser im Norden der Schulanlage. Als er wenig später zurückkam, hatte er nicht nur eine große Tasche dabei, sondern sich auch in eines der neuen Outfits, die Anders ihm neulich gekauft hatte, geworfen.

Als er ihn erblickte, wurde Tauno ganz blass um die Nase. *Was würde nun passieren?* In seinem Kopf spielten sich unterschiedliche Szenarien ab, die am Ende stets damit endeten, dass ein außerirdisches Tentakelmonster durch die Wand brach und sie alle bei lebendigem Leib verschlang, nachdem es eine gründliche Untersuchung der menschlichen Anatomie und eine Darmspiegelung vorgenommen hatte.

Taro grinste vor Freude. »Nimm Platz!« Er deutete Tauno, sich auf das Sofa vor dem Fernseher zu setzen.

Bevor Tauno wusste, wie ihm geschah, hatte er auch schon einen Controller in der Hand und starrte auf das Titelbild eines romantischen Dating-Spiels.

»Das ist *InuRaku*! Ein Spiel voller süßer Dog-Girls, die nur darauf warten, dass du sie kennenlernst! Sogar mit englischen Untertiteln!« Er klopfte ihm auf die Schultern. Seine Augen strahlten Tauno aufgeregt an. »Bitte spiel das und sag mir, wie dir Pochimi gefallen hat! Ja?«

Tauno blickte verwirrt und hilflos zu John, doch der schmunzelte nur triumphierend und widmete sich dem Abwasch.

***

Warum musste im Supermarkt immer genau dann nur eine Kasse geöffnet sein, wenn er sich einmal, ein einziges Mal dazu überwunden hatte aus dem Internat hinauszugehen? Norton Kaspersky war am Limit. Seine Virensensoren schlugen aus. Anstatt Menschen sah er überall nur potenziell tödliche Krankheitserreger. Er legte seine Putz- und Desinfektionsmittel auf das Transportband der Kasse.

Hinter ihm hustete ein älterer Mann. Der Husten klang ekelhaft und feucht wie ein ganzes Orchester an Tuberkulosebakterien in seiner Lunge.

Norton wollte sich am liebsten einen Vollschutzanzug mit Brille und FFP2-Maske anziehen, doch er konnte nicht fliehen. Er stand an der Kasse eingepfercht zwischen zwei Menschen, Süßigkeiten und Zigaretten-

Schockwerbung und konnte lediglich seinen Schal über die Nase ziehen, um sich etwas vor den Keimen zu schützen.

Der alte Mann begann fröhlich summend seine Waren auf das Kassenband zu legen.

Norton brach der Schweiß aus. Das Piepen der Artikel vor ihm klang für ihn wie die Aufzeichnung eines Herzschlags auf der Intensivstation kurz vor dem Stillstand.

Der Mann nieste in seine Handfläche und begann mit seiner verkeimten Hand weitere Artikel auf das Band zu legen.

Norton wurde schlecht.

Das Band hielt an. Doch der Mann dachte nicht daran, mit dem Auflegen aufzuhören und schob stattdessen die bereits platzierten Waren zusammen.

Erst jetzt fiel Norton auf, dass der Mann vergessen hatte einen Trennblock zwischen den Einkäufen abzulegen. Die schmutzigen Sachen kamen näher und näher. Sein Puls beschleunigte sich. Sein Herzschlag trommelte wie wild in seinen Ohren. Er ballte die Faust. Der Schal erschwerte das Atmen, doch er dachte nicht im Traum daran ihn abzunehmen und damit womöglich zu riskieren morgen krank zu sein. *Näher. Noch näher.* Eine Ader trat pochend an seiner Stirn hervor. Ihm wurde schwindlig. Es waren nur noch wenige Millimeter, bis sich die Waren berührten und sein schönes Desinfektionsmittel ebenfalls voller Keime und unbrauchbar war. Er schnaufte hörbar laut und sah den alten Mann mit geädertem Blick an. »Ich … kann … nicht … mehr.«

Sein Finger deutete zitternd auf den Trennblock. »Ich kann das nicht mehr! Ich will meinen Abstand wieder haben!«

Ein gleißender Blitz ließ die Scheiben des Supermarkts bersten. Menschen schrien und liefen panisch durcheinander. Die Alarmanlage ertönte, wurde im nächsten Moment aber von einem lauten Sirren und Brummen übertönt. Eine kleine fliegende Untertasse erhob sich und schoss wirbelnd durch das zerbrochene Ladenfenster nach draußen.

Der alte Mann blickte verdattert zum Himmel. »Mensch, wenn das der Erich und der David wüssten!« Er zuckte mit den Schultern und legte anschließend endlich den Trennblock auf das Kassenband.

***

Auch Ivan scheiterte kläglich an der Elefantenwette. Unter dem Vorwand, die Panoramasauna zu putzen, hatte er Taro mit zum Badesee des Spa-Clubs geschliffen. »Ist das nicht schön?« Sein starrer Blick schien Taro zu durchbohren.

Ein einzelner Rabe krächzte laut von einem Baumstumpf in der Nähe.

Ivan breitete die Arme aus. »Wenn es wärmer wird, grillen und baden wir hier immer.« Er öffnete seine weiße Daunensteppjacke und warf sie zu Boden. »Wusstest du, dass es bei uns eine besondere Tradition gibt?« Sein grauer Pullover und das gelbe T-Shirt darunter folgten, sodass er nun oben ohne vor Taro stand. Sofort bekam er eine Gänsehaut. Doch er ließ sich nichts anmerken.

»E… Eine Tradition?«Taro begann zu stottern. »F… f… findest d… du n… nicht, dass es etwas zu kalt ist, um sich d… draußen a… auszuziehen?« Taro fröstelte allein beim Anblick des kälteresistenten Russen.

»Jedes Jahr an Ostern weihen wir gemeinsam dem Badesee ein.« Er zog die Sportschuhe und Socken aus und öffnete seine Hose.

Der Rabe ließ erneut ein krähendes Lachen verlauten.

»Aber der See … ist gefroren!« Taro deutete auf die spiegelglatte Eisfläche, in die lediglich ein kleines Loch geschlagen worden war.

Ivan sog scharf die Luft ein und ließ auch die letzten Hüllen fallen. »Ausziehen! Sofort! Sonst schmeiße ich dich eigenhändig aus dem Club raus, weil du unsere Tradition entehrst!«

Taro schüttelte vehement den Kopf. »Aber das ist lebensmüde, bei dieser Kälte zu baden! Du wirst dich ganz bestimmt erkälten!«

Ivan winkte ab. Ohne mit der Wimper zu zucken sprang er in das Eisloch, tauchte unter und prustete einmal kräftig. »Siehst du, alles ganz normal! Los, rein mit dir in die kuschlig warme Wanne!« Seine Nase begann zu kribbeln. Die Kälte stach mit tausend Nadeln in seine knallrote Haut.

Taro beobachtete fassungslos, wie Ivan dampfend aus dem Eisloch stieg.

»Rein mit dir!« Ivan packte ihn am Kragen. »Ich meine das wirklich ernst! Ich bin im Schülerrat, leg dich nicht mir mir an, du, du, du … Hatschi!« Seine Nase begann zu laufen.

»Brauchst du ein Taschentuch?«, mischte sich Anders in die Unterhaltung ein.

Ivan ließ von Taro ab und schnäuzte in das Spitzentaschentuch, das ihm der andere gereicht hatte. »Danke.«

Die Nasentröte verursachte ein flaues Gefühl in Taros Magen. *Konnte Ivan das nicht wie ein normaler Mensch hochziehen? Oder war dies wieder ein unüberwindbares kulturelles Hindernis?* Als er sich ein weiteres Mal laut schnäuzte, konnte Taro es nicht mehr aushalten. »Das ist ekelhaft! Pfui! Igitt! Und zieh dir endlich was an, du, du, du … Perversling!« Entrüstet wandte er sich um und stapfte davon. *Was war nur heute mit allen los? John, Tauno und jetzt auch noch Ivan hatten sich äußerst seltsam verhalten. Was, wenn sie unter dem Einfluss einer finsteren Macht standen? Aber was brachte es dieser finsteren Macht, ihn in peinliche Situationen zu bringen?* Er verstand die Welt nicht mehr.

»Taro? Hallo? Bleib doch mal stehen!« Anders atmete schwer, als er ihn eingeholt hatte. »Was hast du denn?«

Taro verschränkte die Arme und schmollte. »Das fragst du mich? Ihr seid doch diejenigen, die heute am Rad drehen!« Sein rechter Fuß tappte ungeduldig auf und ab. Zum ersten Mal seit seiner Ankunft im Internat war er so wütend, dass er sich kaum noch beherrschen konnte.

Anders zwirbelte grübelnd eine Haarsträhne. »Ich kann mir denken, was passiert ist. Bestimmt haben die drei eine schmutzige kleine Wette laufen und versuchen mit aller Kraft, dich aus der Reserve zu locken.«

Das Tappen verstummte. »Was?«

Anders nickte.

»Die wollen mich komplett nackt sehen? Ernsthaft?«

Anders Schweigen war Antwort genug für Taro.

Er seufzte und setzte sich auf eine Parkbank. »Wenn ich es mir recht überlege, muss ich wohl derjenige sein, der ihnen komisch vorkommt.«

Anders setzte sich neben ihn. »Komisch ist immer relativ. Manchmal ist es auch ganz in Ordnung anders zu sein.«

Taros Blick schweifte in die Ferne. »Ich verstehe mich ja selbst nicht. Weißt du, als ich noch ganz klein war, war das absolut kein Problem für mich zusammen mit meiner Mutter und meinen beiden Schwestern ins Badehaus zu gehen. Doch seitdem ich nur noch ins Elefantenbad gehen darf, ist mir das total unangenehm, wenn alle mich nackt sehen. Das ist doch nicht normal?«

Anders winkte ab. »Das ist absolut normal. Manchmal mag man manche Dinge einfach nicht.« Er zog sein Smartphone aus der Jackentasche und öffnete *Instabook.* »Es ist nicht schlimm, wenn man sich hin und wieder verstecken will. Ich zum Beispiel bin online nicht Anders, sondern jemand anders und schreibe Sachen, die mir offline echt peinlich wären. Deshalb will ich auch nicht, dass meine Fans mir persönlich begegnen. Der andere Anders, der Offline-Anders, ist für die Menschen im Internet ein Geheimnis, das ich nicht mit jedem teilen möchte. Und das ist vollkommen in Ordnung. Du musst dich nicht dafür rechtfertigen, wenn du manche Sachen einfach anders machen willst. Jeder hat da seine Grenzen.«

Taro kamen fast die Tränen, auch wenn er vor lauter Andersartigkeit von Anders nur die Hälfte des Satzes erfasst hatte. »Verstehst du mich etwa? Du bist so lieb, Anders!« Er wollte ihn am liebsten umarmen, doch bevor es dazu kommen konnte, manifestierte sich Blob zwischen ihnen.

»Genug palavert! Es gibt wieder Arbeit für euch!« Er schwirrte um sie herum und zischte anschließend in Richtung der Schuleinfahrt davon.

Anders rollte mit den Augen und seufzte genervt. »Nicht schon wieder Elfenjagd!«

Taro klatschte in die Hände und grinste. »Lieber Elfenjagd, als Elefantenjagd!«

***

Während die Ufologen verzückt in den Klassenzimmern herumsprangen und mit Feldstechern und Weitwinkelobjektiven den Himmel beobachteten, war auf dem Schulhof die Hölle losgebrochen. Die Schüler rannten verzweifelt umher, schrien um Hilfe und versuchten sich vor der übersinnlichen Macht zu verstecken, die über das Gelände surrte.

Als sich die fünf Jungen hinter dem Hauptgebäude versammelten, waren Taunos Augen gerötet. »Pochimi!«, wandte er sich wimmernd an Taro. »Wie konnten die das Pochimi nur antun!«

Taro nahm seine Hand und drückte sie leicht. »Ein gutes Spiel, nicht?«

Tauno nickte und zog die Nase hoch. »Du bist ein schlimmes Monster, Taro Yamada! Ein richtig harter Kerl! Du hast meinen vollsten Respekt!«

Ivan zischte entnervt. »Können wir das *bitte* schnell hinter uns bringen? Mir ist kalt.«

Tauno schluckte seine Trauer herunter und grinste neckisch. »Hat der gute Ivan gerade ernsthaft *bitte* gesagt?«

Ivan schürzte die Lippen und streckte seine zur Faust geballten Hand aus. »Sei ruhig und verwandle dich endlich, du alte Heulsuse!«

John und Anders warfen sich einen vielsagenden Blick zu, sagten aber nichts.

»Auf geht's!«, rief Taro und streckte seine Faust aus, sodass sie mit den anderen vier Fäusten einen Kreis bildete. »Time to relax!«

Kurz darauf begaben sich die zauberhaften Fünf auf Eiersuche.

»Wie es aussieht, hat sich ein weiterer Schüler in einen Elf verwandelt«, erklärte Blob ihnen die Lage. »E 127 mag vielleicht nicht sonderlich stark sein, doch sein Laserstrahl ist äußerst gefährlich!«

Der Weg war mit gläsernen Eierkokons gesäumt, in deren Inneren apathisch dreinblickende Schüler eingesperrt waren. Ein Junge klopfte panisch gegen die undurchdringbare Hülle. »Helft mir, bitte! Ich bin es, Peter Platzhalter! Bitte lasst mich raus!« Er begann zu röcheln. »Bitte vergesst mich nicht!«

Spruce Infuser verzog das Gesicht. »Sieht nicht aus, als würde man da drin gut Luft bekommen.«

»Richtig!«, umflog Blob die Gruppe. »Und deswegen müsst ihr schnell handeln. Nicht dass den Jungs da drin schneller die Luft ausgeht, als eure Verwandlungszeit andauert!«

Das Geschrei wurde lauter. Metal Infuser leckte sich über die Lippen. »Dann wollen wir dem guten Elf mal richtig in die Eier treten! Metal Hammer!« Er hob die rechte Hand und beschwor seine Nahkampfwaffe.

Tundra Infuser zischte ein weiteres Mal genervt. »Das kann man auch anders ausdrücken!« Er grinste. »Schlagen wir die Glocken! Tundra Sabers!« Der Harnisch auf seinem Rücken strahlte hell und manifestierte zwei weiß strahlende Säbel. Als er diese hervorzog, erklang ein Zischen und Knistern.

Spruce schlug die Hand vor die Stirn. »Ei, ei, ei. Wir sind heute wieder ganz groß in Zweideutigkeiten!«

»Fantastic Sakurastick!«, rief Sakura Infuser und stürzte in den Blockhüttenwald hinein.

Mezcal und die anderen folgten ihm.

»Bitte nicht!«, schrie ein dicker Junge und versuchte ungelenk auf einen Baum zu klettern.

Spruce erkannte ihn als Dennis Biggins, mit dem er zusammen im Tischtennisclub war. »Halte durch! Wir werden dir ganz bestimmt helfen! Spruce Scythe!« Er beschwor seine Sense und baute sich schützend vor dem ihm auf.

Im nächsten Moment heulte der Wind laut auf. Äste und Blätter stoben durch die Luft. Das UFO richtete seine Suchscheinwerfer auf alles, was sich bewegte.

Sakura kniff die Augen zusammen. Das UFO erinnerte stark an einen Eierbecher, wie man ihn in der Mensa jeden Tag auf dem Frühstückstisch fand. Es war schweinchenrosa und hatte eine Plakette, auf der die Nummer E 127 stand. Über dem metallenen Rumpf befand sich eine eiförmige Glaskuppel, unter der ein Elf im pinken Raumanzug saß, der sie grimmig anblickte. »Ekelhaft!«, rief der Elf und zeigte auf den verschwitzten Dennis, der anscheinend kurz davor war sich vor Angst in die Hose zu machen. »Unhygienisch! Sofort eliminieren!« Er drehte an ein paar Sensoren, worauf das UFO laut zu Surren begann. Unter der E 127 Plakette öffnete sich eine Luke, die in gleißendes Licht gehüllt war. Der Laser begann sich zu konzentrieren. Es britzelte und sirrte.

»In Deckung!«, warnte Spruce Infuser den ängstlichen Dennis und umgriff seine Sense fester. Cyanblaue Energie breitete sich von seinen Händen über die gesamte Sense aus und konzentrierte sich im Sensenblatt, das hell zu strahlen begann.

Der Laserstrahl wurde freigelassen.

»Haute Couture!«, rief Spruce und wirbelte die Sense umher. Ein ohrenbetäubender Knall erklang, als die beiden Kräfte aufeinandertrafen. Spruce fiel zu Boden.

Der Laserstrahl wurde abgelenkt und krachte in eine Baumkrone. Kurz darauf regneten Raben und Buntspechte in Eierkokons herab.

»Ekelhaft!«, schrie der Elf E 127 und flog mit dem UFO über die Bäume hinweg. »Niemand wird mir entkommen! Die ganze Schule wird dank mir steril und aufgeräumt sein!« Wieder breitete er seine Suchscheinwerfer aus.

Mezcal Infuser half Spruce beim Aufstehen.

Spruces Hände zitterten. »Der Elf ist wirklich stark.« Er hatte nur einen Strahl abgewehrt und trotzdem waren seine Hände taub geworden. Er lachte nervös, klopfte die Erde von seiner Hose und wandte sich zu Blob. »Ich kann meine Beine vor Anspannung kaum bewegen! Wo kommen diese Monster nur immer her?«

Blob waberte schulterzuckend hin und her. »Wenn ich das wüsste, würdet ihr nicht geschminkt und kostümiert mitten im Wald stehen, während sich euer Freund hier in die Hose gemacht hat!«

Alles drehte sich zu Dennis um. »Seht mich bitte nicht an!« Er wurde knallrot. »Das ist der schlimmste Albtraum, den ich je hatte!«

Sakura nickte. »Und wir werden dafür sorgen, dass du bald wieder süße Träume haben wirst!« Er zwinkerte ihm zu und schwang sich kurz darauf hinauf in die Baumwipfel.

Metal pfeifte anerkennend. »Ganz schön sportlich, unser Kleiner!« Er wiegte seinen Hammer in den Händen. »Aber das kann ich auch!« Er brüllte wie Tarzan und sprang ebenfalls empor. Auch die anderen drei folgten ihnen.

Blob nickte anerkennend. »Die Farbessenzen konzentrieren sich. Sie werden nun von Kampf zu Kampf stärker werden!« Darauf schwebte auch er gen Himmel.

Weitere Schüler wurden in Kokons eingesperrt. Erst wehrten sie sich noch mit Händen und Füßen, doch dann wurden sie stiller und stiller, bis sie schließlich mit leerem Blick ihr Schicksal akzeptierten.

»Unhygienisch! Weg damit!«, sperrte der Elf noch immer vermeintliche Bakterien und Viren weg. »Isolationsprogramm starten! Verschieben und löschen!« Aus der Luke erschien nun ein Flammenwerfer. »Firewall aktiviert!«

»Shibaraku! Halte inne, du Unhold!« , unterbrach Sakura das Inferno.

Der Elf hob kritisch eine Augenbraue. »Kann nichts erkennen. Fehler. Fehler.«

»Erst heiß machen …«

»… dann abspritzen!«

»Sweet!«

»Sweat!«

»Swoop!«

Die fünf Zauberkrieger nahmen ihre Kampfpose ein.

Der Suchscheinwerfer des UFOs richtete sich auf sie. »Schweiß!«, rief der Elf entrüstet. »Unhygienisch! Sofort eliminieren!« Der Flammenwerfer wurde abgefeuert.

Während Sakura die Äste wie ein Sprungbrett benutzte und nach oben schoss, stoben die anderen vier zur Seite und konzentrierten ihre Kräfte auf ihre Waffen.

»Icy Cross!«, Tundra wetzte die Säbel und schoss einen kreuzförmigen Strahl aus eisig kaltem Feuer auf die Glaskuppel des UFOs. Doch der Strahl hinterließ nicht einen einzigen Kratzer.

»Hammerfall!«, rief Metal Infuser und ließ seinen Stahlhammer herabsausen.

Die Glocke begann zu klingeln, sodass der Elf im Inneren durchgeschüttelt wurde. »Unhygienisch!«, lallte er und drehte erneut den Sensor für den Laser auf.

Sakura vollzog im Flug einen Salto und konzentrierte die magentafarbene Farbessenz in der Blüte seines Zauberstabs. »Rainbow Relax Revolution!« Doch er hatte sich zu früh gefreut.

»Nichts da, sofort isolieren!« Der Laser pulverisierte die Kirschblütenkraft und hüllte Sakura in einen grellen Schein.

»Sakura!« Fassungslos mussten die vier Helden mit ansehen, wie ihr Anführer in einen Glaskokon gesperrt wurde und zu Boden stürzte.

»Hilfe!«, schrie Sakura Infuser panisch. Er wusste nicht mehr, wo oben und unten war. Er wurde durchgeschüttelt wie das Innere eines Überraschungseis, bis der Kokon schließlich inmitten des Narzissenbeets liegenblieb. »Jetzt weiß ich, wie sich ein Rührei fühlen muss!« Alles drehte sich. Ihm wurde schummrig und schlecht.

»Wie konntest du nur!«, zischte Spruce empört und umgriff seine Sense fester. Er hatte keine Lust ein weiteres Mal im Dreck zu landen, doch schien seine Attacke die einzige zu sein, die den Laser abbremsen und ablenken konnte.

Mezcal hob das Ei aus dem Blumenbeet. »Geht es dir gut? Hey, Sakura, kannst du mich hören?«

Sakura Infuser nickte und klopfte von Innen gegen den Panzer. »Das kann doch nicht wahr sein! Fantastic Sakurastick!« Er versuchte den Strahl gegen den Kokon zu richten, doch die Energie wurde reflektiert und traf stattdessen ihn selbst. Vor Schmerz schrie er laut auf.

Mezcal Infuser presste die Lippen aufeinander. Fast kam es ihm vor, als könnte er Sakuras Schmerzen selbst spüren. »Ich habe eine Idee! Duck dich!« Er beschwor seinen Revolver und schoss mehrmals auf die Hülle. Doch das Glas ging nicht zu Bruch. Lediglich kleine Risse zeigten sich in der Oberfläche. Er zog seinen Cowboyhut tiefer ins Gesicht, damit Sakura nicht sehen konnte, wie enttäuscht er über seine eigene Unfähigkeit war, den Panzer komplett zu durchbrechen.

Währenddessen machten Metal, Spruce und Tundra weiter Jagd auf das UFO. Spruce lenkte den Strahl ab, damit Metal und Tundra mit ihren Waffen immer und immer wieder auf die Glaskuppel schlagen konnten. Langsam zeigte sich auch dort ein kleiner Riss, doch es reichte nicht, um den Elf aus seinem Versteck hervorzulocken. Nach und nach ging ihnen die Farbkraft aus und ihre Kleidung begann zu verblassen.

Blob seufzte. »Wenn das so ist, bleibt mir wohl nichts anderes übrig. Ich weiß, ihr mögt das genauso wenig wie ich, aber einer von euch sollte mich trinken, damit er genug Kraft für einen durchschlagenden Angriff hat.«

Metal erbleichte. »Nur über meine Leiche!«

Auch Spruce verneinte. »Ich kann hier leider nicht weg! Und außerdem hab ich die Reinigungszeremonie bereits beim letzten Mal vollzogen. Soll Tundra das doch machen!«

Tundra spie aus. »Niemals! Ein Schluck und nie mehr! Eher saufe ich Lack!«

Blob schien in Tränen auszubrechen. »Ihr seid ein herzloses und egoistisches Pack! Wenn ich es mir hätte aussuchen können, wem ich meine magische Kraft verleihe, hätte ich mich niemals für euch entschieden, sondern für ein süßes Mädchen mit langen blonden Zöpfen, das eine schwarze Katze als Haustier hat und in Tokio wohnt!« Es brodelte wütend in seinem Inneren.

»Mezcal«, begann Sakura schwach und legte seine zitternde Hand auf die winzige Bruchstelle. Die Luft im Inneren des Glaskokons wurde langsam dünn. Sein Blick wurde leer.

»Sakura! Bitte stirb nicht!« Mezcal legte seine Hand ebenfalls auf den Riss im Glas. »Es tut mir leid, dass ich dich heute mit Ramen begossen habe! Bitte gib nicht auf! Ich verspreche, ich mache es wieder gut und koche dir all die heimischen Gerichte, die du so gerne magst!« Er drückte zwei männliche Krokodilstränen heraus.

Sakura lächelte mild. Nicht mehr lange und er würde das Bewusstsein verlieren. »Nimm … meine … Kraft.«

Auch Spruce stand kurz davor in Ohnmacht zu fallen. Die Hitze der Verwandlung gepaart mit der Dauerabwehr von Laserstrahlen waren zu viel für seinen schwachen Modelkörper.

»Herr Etepetete!« Metal Infuser griff ihm unter die Arme und stützte ihn so gut es ging ab, damit die cyanfarbene Energie weiter fließen konnte.

Mezcal schluckte. »Kann ich das wirklich annehmen? Nachdem ich derart gemein zu dir war?«

Sakura nickte stumm. Die magentafarbene Energie konzentrierte sich auf seiner Handfläche und drang durch den Spalt im Glas.

Als sie auf Mezcal Infuser überging, begann sich dessen Kleidung zu verfärben. Gelb vermischte sich mit Magenta und wurde schließlich zu orangefarben und rot. Gleichzeitig spürte er all die Hoffnung, die Sakura in ihn gelegt hatte. »Wow! Diese Kraft ist unglaublich!« Zuversichtlich wandte er sich zu Blob. »Ich mache das! Aber wehe, mich ereilt danach Montezumas Rache!«

Blob nickte und schoss zum Himmel. Sein Wasserkörper schraubte sich mehrmals um die eigene Achse und bildete einen Strudel.

»Ich hoffe, ich bereue das nicht!«, rief Mezcal ihm zu, bevor sich Blob gurgelnd in seinen Rachen stürzte und in den Tiefen seines Körpers verschwand.

»Uwah! Was für eine Energie!« Mezcal brüllte wie ein Löwe und streckte seinen Revolver zum Himmel. »Bei der Macht von Mezcal! Ich habe die Kraft!« Der Revolver erstrahlte im regenbogenfarbenen Licht und verwandelte sich in ein Schwert mit rotem Griff. »Gleich gibt es Eierspeise!« Er konzentrierte all seine Kraft und setzte zum Sprung an. Als er abhob, zerbröckelte die Erde unter seinen Füßen.

An der Konsole des UFOs leuchtete ein Warnlicht auf. »Vorsicht. Kritischer Angriff erwartet! Schutzschild hochfahren!« Das UFO mit der Nummer E 127 begann wirr über die Baumwipfel zu taumeln.

Mezcal Infuser zog eine rote Lichtspur hinter sich her. Die Schwertklinge pulsierte in den Farben des Regenbogens. Als er auf Höhe des UFOs war, holte er zum finalen Schlag aus und rief, so wie Sakura es immer getan hatte: »Rainbow Relax Revolution!«

Ein Strahl aus Licht hüllte das UFO ein und ließ es zu Boden stürzen. Die Eierschale zerbrach. »Bitte geht weg!«, rief der Elf ängstlich und wedelte wild mit den Armen. Sogar sein Raumfahrerhelm hatte einen Riss bekommen. »Bitte geht weg! Ihr seid alle unhygienisch und eklig!«

Mezcal Infuser baute sich vor dem Wrack auf und knackte mit den Fingern. »Glaubst du immer noch daran, dass dich ein paar Keime umbringen werden?«

Der Elf nickte hektisch und versuchte den Riss im Helm mit den Händen abzudecken.

Da die Barriere des UFOs nun durchbrochen war, konnte Tundra auch Sakura aus seinem Gefängnis befreien. Er half ihm dabei sich zu Spruce zu setzen, der stark schwitzte und nach Luft rang.

Mezcal sog scharf die Luft ein und schüttelte den Kopf. »In dem Fall muss ich zu meinem letzten Mittel greifen, um dich zu bekehren!« Er klickte mit der Zunge und hob ein Bein.

Der Elf wurde kreidebleich. »Nein, das machst du nicht!«

Mezcal lächelte ihm freundlich zu und zog seine Schuhe aus. »Doch, das tue ich.« Er wedelte aufgeregt mit den Zehen.

Der Elf begann zu würgen.

Mezcal schüttelte den Kopf und stemmte die Hände in die Hüfte. »Ist das dein Ernst? Du kannst nicht mal ein paar wohlriechende Schweißfüße ertragen? Was ist passiert, dass du dich derart in deine Phobie hineinsteigern musstest?« Die rote Farbessenz zerfiel langsam wieder in ihre Bestandteile. Während die magentafarbene Energie zurück zum befreiten Sakura wanderte und ihm seine Lebensenergie zurückgab, wurde seine Kleidung erst orange und schließlich wieder gelb.

Der Elf begann zu schluchzen. »Das geht dich nichts an!« Eine Träne tropfte herab und wurde zu einer Erinnerung, die sich vor über zehn Jahren zugetragen hatte.

Der kleine Norton Kaspersky war mit seinen Eltern in ein schwedisches Möbelhaus gefahren. Er hatte sich so sehr darauf gefreut, sich ein neues Kuscheltier aussuchen zu dürfen, doch stattdessen gaben ihn seine Eltern im Bällebad ab.

Norton stolperte und die Bälle begruben ihn. Er wusste nicht mehr, wo oben und unten war. Er hatte Angst. Als er sich endlich freigekämpft hatte, waren seine Eltern weg. Und dann war da noch dieser eklige andere Junge, der die ganze Zeit hustete und schniefte …

Mezcal Infuser legte den Kopf schief. »Ich glaube nicht, dass die Angst vor Bakterien und Viren der Grund ist, warum du dich isolieren willst. In Wirklichkeit hast du dein Herz verschlossen, weil du von deinen Eltern enttäuscht worden bist.«

Der Elf sah ihn mit großen Augen an und wischte die Tränen weg. Die Worte des zauberhaften Cowboys trafen ihn mitten ins Herz.

»Und jetzt fällt es dir schwer auf andere Menschen zuzugehen. Das ist vollkommen verständlich!« Er kräuselte die Lippen. »Nur verstehe ich nicht, warum du deine Angst vor Enttäuschung hinter einer Bakterienphobie verstecken musst. Das ist Unsinn!« Zur Verstärkung seiner Aussage hob er erneut den nackten Fuß und hielt ihn dem Elf ins Gesicht. »Siehst du. Daran ist nichts gefährlich. Das ist nur ein gesunder, gepflegter Fuß, der vielleicht ein kleines bisschen müffelt!«

Der Elf wurde kreidebleich und verdrehte die Augen. »Zuviel. Kann nicht mehr. Wasser, Wasser!«

Mezcal Infuser nickte zufrieden. »Das sollst du bekommen! Rainbow Relax Resurrection!«

Er hob die Hände zum Himmel und beschwor Schöpfkelle und Saunazuber. Doch bevor er mit der Kelle etwas von dem reinigenden Nass auf den Elf träufeln konnte, war dieser bereits kopfüber in den Zuber gesprungen. Es zischte. Eine dichte Dampfwolke breitete sich aus. Als sich der Nebel gelichtet hatte, war die Zerstörung verschwunden. Norton Kaspersky sah sich verwundert um, klopfte den Schmutz von seiner Kleidung und setzte, als wäre nie etwas geschehen, seinen Weg fort.

Mezcal Infuser drehte die Saunauhr auf die Ausgangsposition und verwandelte sich zurück. Auch die anderen nahmen wieder ihr normales Aussehen an.

Taros Augen versprühten vor Freude Sterne. »John, das war megaklasse! Supertoll! Danke! Du bist der Beste!« Er sprang auf ihn zu und umarmte ihn.

Ein seltsames Gefühl breitete sich in ihm aus und er errötete. »Nichts zu danken.« Sein Bauch grummelte wie verrückt. »Blob?« Er hörte in sich hinein.

(Ich kann dich hören. Das hast du wirklich gut gemacht, John. Aber nun könntest du mich langsam mal wieder aus dir herauslassen.)

Blob rebellierte in seinen Eingeweiden.

(Glaub mir, für mich ist das mindestens genauso unangenehm, wie für dich.)

John erbleichte und hielt sich den krampfenden Bauch. »Jungs, tut mir leid, aber ich muss mal kurz weg!« Eine Sekunde später hatte er auch schon die Beine unter die Arme genommen und war in Richtung des Clubhauses davongeschossen.

Tauno sah ihm nach. Er hatte sich stützend bei Anders eingehakt, der ein weiteres Mal mit der Überhitzung zu kämpfen hatte. Doch plötzlich fiel es ihm wie Schuppen von den Augen. »Oh-oh! Alarmstufe rot!« Er blickte nervös von einem zum anderen. »Haben wir überhaupt noch genügend Klopapier in der Hütte?«

...

Das Schweigen sagte alles.

***

Als sich Johns Bauch wieder beruhigt hatte, trafen sich die Jungen ein weiteres Mal an diesem Freitag in der Sauna. Während Taro wie gewohnt mit um die Hüfte geschlungenem Handtuch in der untersten Reihe saß, hatten John und Ivan in der mittleren Reihe Platz genommen.

Anders und Tauno waren nicht gekommen. Anders, weil er überhitzt auf dem Sofa des Clubs lag, und Tauno, weil er daneben auf seinem Fernsehsessel hockte und wie besessen *InuRaku* spielte.

Ivan streckte sich ausgiebig.

John wirkte kraftlos und bleich, als hätte er einem Vampir zwei Liter Blut beim Roten Kreuz gespendet.

»Ich hab gleich gesagt, dass ich Blob nicht trinken würde. Aber du wolltest unbedingt der Held sein!« Er verzog das Gesicht.

John lehnte sich zurück und hielt sich den Bauch. »Ein Mann muss tun, was ein Mann tun muss.« Wieder grummelte es bedrohlich in seinem Inneren. »Aber ist das nicht seltsam? Bisher waren die Elfen doch nur wegen Kleinigkeiten unnötig gestresst.«

Ivan nickte. »Wer hätte gedacht, dass wir jemandem ernsthaft helfen würden? Das passiert doch sonst nur in irgendwelchen psychologischen Fernsehsendungen, dass Menschen innerhalb von zehn Minuten von ihren Ängsten geheilt werden.«

(Langsam werdet ihr zu wahren Helden!)

Die Bauchkrämpfe wurden stärker. Noch immer steckte ein Rest von Blob in Johns Eingeweiden und wartete darauf am anderen Ende wieder ans Tageslicht zu kommen. »Taro?«, ächzte John unter Schmerzen und zog seinen Saunahut tiefer in die Stirn.

»Was denn?« Taro wandte sich irritiert um und legte den Kopf schief.

»Mach bitte noch einen Aufguss. Ich glaube, ich schaffe das heute nicht mehr.« Er war fast so bleich wie Ivan geworden.

»Zu Befehl!« Taro sprang auf und salutierte. Sein Herz begann wie wild zu schlagen. Zum ersten Mal hatte man ihn gebeten, in der Sauna Zuber und Schöpfkelle zu schwingen. Nervös beugte er sich vor, um nach dem Holzeimer zu greifen.

Ivan nickte John wissend zu und stand ebenfalls auf. Im nächsten Moment begann er theatralisch zu Straucheln. »Ups!«, rief er übertrieben und hielt sich an Taros Handtuch fest.

»Nein!«, rief Taro und versuchte sich zu bedecken.

»Doch!«, antwortete Ivan und zog grinsend das Handtuch weg.

»Oh!«, sagte John, als sich gleißendes Licht im Schritt des kleinen Austauschschülers ausbreitete und eine rosafarbene Kirschblütenwolke erschien.

(Ha! Damit habe ich wohl die Elefantenwette gewonnen.)

Aufguss 04
E 124: Cochenillerot

Es war Freitag. Und wie es an einem Freitag üblich war, heizte der Spa-Club auch heute wieder die Sauna an. Die fünf Jungen waren inzwischen von der kleinen Saunakabine in der Blockhütte des Clubs in die geräumige Sauna am Badesee gewechselt. Diese hatte große Fenster, durch die man nicht nur sehen konnte, wie sich die Nachmittagssonne goldglänzend auf der Wasseroberfläche spiegelte, sondern durch die man auch eine kleine Entenfamilie beobachten konnte, die zwischen Schilfrohr hindurchschwamm, während ein Schwarm Eintagsfliegen über dem See tanzte.

In der Sauna selbst herrschte vollkommene Stille. Stille, die nur durch den Gesang gregorianischer Mönche aus in die Decke eingelassenen Boxen durchbrochen wurde. Doch nicht nur in Sachen Ausblick und Technik gab es Unterschiede. In der kleinen und dunklen Wintersauna waren die Bänke um den Saunaofen herum angeordnet. Hier jedoch stand der Saunaofen hoch oben auf einem Podest im Rücken der Saunierenden, die durch die Fenster das Licht der langsam länger werdenden Tage genießen konnten.

Wenn man ein Fisch war und von außen hineinblickte, musste es einem vorkommen, als wären die nackten schwitzenden Primaten hinter der Glaswand die Tiere, und nicht umgekehrt. Die auf den Holzbänken sitzenden Primaten hingegen fühlten sich nicht wie Tiere in einem Zoo, über die man sich ärgerte, weil sie träge in ihrem Käfig vor sich hin dösten. Auch fühlten sie sich nicht wie Hummer in einem Dampfkochtopf. Vielmehr kamen sie sich vor wie Zuschauer in einem Amphitheater, die andächtig das Frühlingserwachen der Natur beobachteten.

John, der Saunameister des Tages, legte ein paar Schöpfkellen Weihrauch-Essenz nach. Alle fünf genossen die andächtige Stille in der zur Kathedrale gewordenen Sauna.

Alle, bis auf Tauno. Der hagere blonde Finne mit der Vorliebe für episch-melodisches Gitarrengeschrammel schien innerlich zu platzen. Nervös trommelten seine Finger auf die Knie. Sein rechter Fuß tappte auf und ab. Immer wieder fixierte er die mit schwarzem Sand gefüllte Saunauhr, deren Inhalt für ihn wie in Zeitlupe von oben nach unten zu rieseln schien. Es waren bereits sieben Minuten vergangen, in denen er nicht ein Wort gesagt hatte. Sieben Minuten, in denen er das Gefühl hatte zu platzen und in denen er den anderen am liebsten all seine lebhaften Gedanken entgegengeschleudert hätte. Doch er riss sich zusammen, straffte die Schultern und schloss die Augen.

Der Aufguss knisterte auf den heißen Steinen.

John hob eine gelbe Stofffahne und verteilte die Hitze im gesamten Raum. Mit jedem Wedeln der Fahne knallte ihnen eine Wand feuchter und heißer Luft entgegen.

Anders atmete hörbar leidend laut aus und setzte sich auf die unterste Stufe, wo die Luft etwas kühler war. Währenddessen sangen die gregorianischen Mönche weiter ihre unverständliche Andacht.

Taro nickte ihm stumm zu und widmete sich mit der Ausdauer eines tapferen Samurai weiter schwitzend seiner Naturschau.

Ivan lehnte sich zurück und starrte leicht weggetreten an die Decke. Schweiß stand ihm auf der Stirn. Seine Wangen hatten sich tiefrot verfärbt.

Tauno hingegen wippte noch immer hin und her und ließ die Ereignisse der letzten Wochen Revue passieren, um sich von seinem Redebedürfnis abzulenken. Er dachte an Taro und dessen seltsame Flasche, in deren Inneren der Flaschengeist Blob hauste. Dieser war auf den heißen Steinen verpufft, als Ivan den vermeintlichen Alkohol darin vernichten wollte. Damit wurde eine Kettenreaktion ausgelöst, in deren Folge sie alle zu Trachten tragenden und Zauberwaffen schwingenden Superhelden wurden.

Tauno legte die Hand grübelnd an sein schweißnasses Kinn. Soweit ergab alles noch einen Sinn. Jedoch hatten sie bis heute nicht herausgefunden, wer oder was dafür verantwortlich war, dass sich gestresste Schüler der Saint Claus Academy in Elfen verwandelten und Amoklauf begingen. Dieses fehlende Puzzleteil bereitete ihm Kopfzerbrechen.

Vor allem der letzte Kampf hatte es in sich gehabt. Als Taro alias Sakura Infuser von seinem Gegner in einen Glaskokon eingesperrt worden war, schienen sie nahezu machtlos geworden zu sein. Denn es war Sakura, der bisher immer mit seiner Zauberkraft die Anspannung der Elfen vertrieben hatte. Sie kämpften, bis die Farbessenz, ein Kondensat aus Blobs Magie und ihren eigenen Wünschen, langsam knapp wurde und sie dem Elf kraft- und farblos gegenüberstanden. Doch dann ging Sakuras Kraft auf wundersame Weise auf John alias Mezcal Infuser über und er konnte mit Blobs Hilfe die negativen Gedanken und Gefühle des Elfen vertreiben.

Tauno musste sich ein Grinsen verkneifen. Er erinnerte sich noch ganz genau daran, wie ein panischer Schrei aus der Toilette des Spa-Clubs ertönte und kurz darauf Johns Gesicht schweißnass und leichenblass in der Tür erschien. *»Kann mir bitte jemand eine neue Rolle Toilettenpapier reichen? Es ist ein Notfall!«*

Ivan warf ihm einen finsteren Blick zu.

Tauno hielt sich die Hand vor den Mund und gluckste vor sich hin. Ein Schütteln ging durch seinen ganzen Körper. Das beste an der ganzen peinlichen Aktion war, dass Blob ihn noch davor gewarnt hatte, ihn doch bitte nicht herunterzuspülen, doch John im Delirium nur seinen ureigenen Reflexen folgen konnte. Deshalb verbrachte er nach seinem Malheur die nächsten zwei Tage in der Nähe der Kläranlage, um die einzelnen irisierenden Tropfen ihres magischen Begleiters wieder in der Flasche zu sammeln.

Tauno lief knallrot an. Als er zu John aufblickte, sammelten sich Tränen in seinen Augenwinkeln.

»Schhht!« John legte einen Finger an die Lippen. Gregorianische Sauna bedeutete: Schweigen für alle. Stille Andacht und Buße. Fünfzehn Minuten, um in sich zu gehen und über seine Sünden nachzudenken, stets begleitet durch kirchliche Klänge und Weihrauchduft. Oder, um es mit Anders Worten auszudrücken: *»Endlich einmal fünfzehn Minuten, in denen Tauno einem nicht das Ohr abkaute!«*

Tauno konnte sich vorstellen, dass John die ganze Sache ziemlich peinlich war. Er selbst wollte nie und nimmer mit ihm tauschen. Wenn sie also ein weiteres Mal auf Blobs Essenz angewiesen waren, würde er definitiv auf eine andere Variante bestehen, denn so einen Scheißtag, wie John ihn hatte, wollte er auf keinen Fall erleben.

Scheißtag … Wieder sah er Johns leichenblasses Gesicht in der Klotür auftauchen. Und ähnlich wie es aus John hinausmusste, schien auch Tauno nun zu platzen. »Klopapier! Kläranlage! Ich … ha ha ha!«

»Schhht!«, zischte es aus vier verärgerten Mündern gleichzeitig.

Tauno schlug sich auf den Oberschenkel und lachte schallend. »Ich glaube, ich werde das nie wieder vergessen können!«

John versuchte freundlich zu lächeln, doch seine zusammengepressten Lippen und roten Wangen verrieten, wie angespannt und gleichzeitig peinlich berührt er war. Er legte noch einen Aufguss nach und versteckte sich hinter einer weißen Dampfwolke.

»Und wie du Blob suchen musstest, das war einfach … ha ha ha!«

Ivans Faust schlug auf die Bank. »Fresse!«, zischte er scharf.

Tauno schnappte nach Luft, doch die Bilder in seinem Kopf wollten einfach nicht verschwinden. »Ich glaube, das muss ich meinen zukünftigen Kindern und Enkelkindern erzählen!« Wieder wurde er von einem Lachanfall durchgeschüttelt. »Ha ha ha!«

»Halts Maul!« Ivan sprang auf und funkelte ihn giftig an. »Es ist jedes Mal dasselbe mit dir! Kannst du nicht einmal ruhig bleiben und uns mit deinem Hirnfurz in Frieden lassen? Tse!« Er packte Tauno an der Schulter und begann ihn leicht zu schütteln.

Tauno wischte sich die Tränen aus den Augen. »Ach, komm, Ivan, eigentlich fandest du das auch ganz lustig. Ich hab gesehen, wie du gegrinst hast!«

Ivan zuckte ertappt zusammen.

Eine Ader trat an Johns Schläfe hervor.

Ivan bleckte die Zähne und hob die Hand zur Faust. »Sei einfach ruhig! Hast du keinen Anstand? Warum musst du auch jedes Mal die Saunaetikette entehren, du Lauch?«

John platzte der Kragen. »Raus jetzt, alle beide!« Drohend hob er die Schöpfkelle und deutete auf die Glastür der Saunakabine. Er strahlte eine derart bedrohliche Aura aus, dass Tauno augenblicklich aufhörte zu lachen. »S… Sorry, Mama!«, sagte er kleinlaut und ließ die Schultern hängen.

»Tse!« Ivan klickte mit der Zunge und schnappte sein Handtuch.

Während die Mönche weiter im Hintergrund sangen, deutete John noch immer erzürnt auf die Tür.

Ivan gab Tauno einen Klaps auf den Rücken und schob ihn zum Ausgang. »Alles deine Schuld!«

Tauno warf sein Handtuch über die Schultern und schürzte die Lippen. »Dabei hab ich mich nur gefragt, ob das mit der Vereinigung wirklich wichtig ist.« Er hing das Handtuch auf einen Haken und stellte sich unter die eiskalte Dusche. Der Kälteschock ließ seine Gedanken wieder klar werden.

Auch Ivan duschte sich prustend mit dem kalten Nass ab, bevor er sich seinen schneeweißen Bademantel anzog, den er vor dem Saunagang neben der Tür aufgehängt hatte. Seine Haut war krebsrot geworden.

Auch Tauno warf sich seinen Bademantel über, der im Vergleich zu Ivans schwarz wie die Nacht war.

Sie gingen nach draußen und setzten sich auf zwei Liegestühle. Die Luft war noch recht kühl, doch ließ es sich nach einem Saunagang inzwischen gut im Freien aushalten. Die Frösche stimmten quakend ein Konzert mit der Entenfamilie an.

Wieder musste Tauno glucksen, doch verkniff er es sich nach einem ernsten Blick Ivans ein weiteres Mal auf Johns Malheur hinzuweisen. Er versuchte nicht mehr daran zu denken. Hier in der Natur, umgeben von all den Geräuschen des Lebens, fiel es ihm viel leichter abzuschalten und einmal nichts zu sagen. Die Nachmittagssonne fühlte sich angenehm warm auf ihrer Haut an und stand so tief, dass auch Ivan sie ein wenig genießen konnte, ohne gleich einen Sonnenbrand zu bekommen. Ein Reiher flatterte über die Wasseroberfläche. Grillen zirpten. Die Stille war perfekt. Tauno schloss für einen Moment die Augen und ließ sich treiben.

…

»Ähem!«, räusperte sich jemand hinter ihnen.

Tauno gähnte und richtete sich auf. »Ja, bitte?«

»Ähem!«, räusperte sich der Besucher erneut.

Ivan wandte sich um verzog das Gesicht. »Kolonius …«

»Kolonius von Kotwitzki, um genau zu sein!« Der Besucher rückte seine Brille zurecht und nickte leicht. Er hatte lange blonde Locken wie ein Engel, obwohl er für seine Mitmenschen eher wie der Teufel war. »Ich bin gekommen, um die Wartung der Saunaöfen zu überprüfen.« Er holte sein Smartphone hervor und rief eine App auf. »Außerdem muss ich Wasser, Heizung und Strom ablesen und die Brandmelder kontrollieren. Wenn die Herren mich nun zu den entsprechenden Ortschaften führen würden?«

Ivan erhob sich träge. Kolonius von Kotwitzki, der Schülersprecher, gehörte zu der Art von reichen Pinkeln, die er partout nicht ausstehen konnte. Er stammte aus dem alten Adelsgeschlecht der Kotwitzkis und ließ dies bei ihren Sitzungen im Schülerrat bei jeder Situation heraushängen. Einmal hatte er Ivan sogar als ›vulgären Fernsehmillionär‹ bezeichnet, bloß weil seine Eltern, stinkreiche Ölmilliardäre, ihren Reichtum stets in Form von schnellen Autos, schicker Kleidung und protzigem Goldschmuck zur Schau stellten. Es war also am besten, dem Störenfried Kolonius schnellstens die Zähler zu zeigen und ihn daraufhin direkt zur Tür zu eskortieren. Nicht, dass ihm vor lauter schnöseliger Korrektheit des Besuchers aus Versehen noch die Hand ausrutschte und er ihm bedauerlicherweise ein neues Gebiss bezahlen musste.

»Sehr schön!«, hakte Kolonius Zimmer für Zimmer und Heizkörper für Heizkörper ab. »Laut Statistik liegt euer Verbrauch unter dem vom letzten Jahr. Sehr löblich! Sehr umweltbewusst!« Doch dann blieb er mitten im Hauptraum stehen. »Oh, wie bedauerlich!«, er kräuselte die Stirn und sah sich um. »Es ist gar kein Brandmelder installiert!«

Tauno zuckte mit den Schultern. »Ja und?«

»Das geht nicht! Laut Vorschrift muss hier ein Brandmelder sein, sonst bekommen wir Ärger mit der Versicherung.« Er tippte den Befund in sein Handy ein.

Ivan verzog das Gesicht, sagte aber nichts.

Tauno schmollte. »Dir ist schon bewusst, dass wir eine Küche haben und John ab und zu mal ein paar Dinge in die Luft jagt? Mit Brandmelder würde bei uns jeden Tag mindestens einmal falscher Alarm ausgelöst werden! Nicht, dass am Ende noch ein Sondereinsatzkommando mit einer Hubschrauberflotte anrückt.«

Kolonius lächelte mild. »Wenn das so ist, darf eben nicht mehr gekocht werden. Problem gelöst! Die Schule ist zwar sehr liberal, was die Freizeitgestaltung und Unterrichtsmoral angeht, aber wenn es um Versicherungen geht, sehe ich bedauerlicherweise keine Alternative.« Sein Blick wirkte überlegen und überheblich.

Tauno begann innerlich zu kochen. »Ich fasse es nicht!« Er wandte sich Ivan zu. »Sag doch auch mal was!«

Doch Ivan schüttelte nur den Kopf. »Manchen Regeln sollte man besser Folge leisten.«

Kolonius verbeugte sich leicht. »Ich empfehle mich! In einer Woche werde ich nachsehen, ob die Nachbesserungen vorgenommen worden sind.«

Er schloss die App und begab sich zur Tür. »Gehabt euch wohl!« Die Tür fiel ins Schloss.

Tauno verschränkte die Arme. »Kannst du mir mal sagen, was das gerade war? Normalerweise bist du immer der Erste, der herumnörgelt und sich beschwert!« Er ließ sich auf das Sofa fallen und schaltete den Fernseher ein. Es wurde Radsport gezeigt. Kim Lutz-Park, ein koreanisch-schweizerischer Sportmoderator, interviewte gerade den jungen Sprinter und Etappensieger Evan Chleb, dessen Gesicht mindestens so schaurig wie Ivans war.

Ivan holte sich eine Flasche Kvass aus dem Kühlschrank und ließ den Kronkorken zischen. »Du gehst mir auf die Nerven, Tauno!«

Tauno schnaubte entrüstet. »Ich gehe dir auf die Nerven? Wer pöbelt und motzt denn den ganzen Tag nur herum? Ich bin wenigstens immer aufgeschlossen und nett zu allen, während du jeden mit deinem Blick vergraulst! Und wenn man einmal deine Unterstützung braucht, ziehst du den Schwanz ein und kuschst!«

Ivan nahm einen tiefen Schluck aus der Flasche, bevor er ihm Paroli bot. »Du legst dir jede Regel zurecht, wie es dir passt und denkst nicht über die Konsequenzen nach! Weißt du, wie oft ich dir im Schülerrat bereits den Hintern gerettet habe, bloß weil du mal wieder meintest, deinen Willen durchsetzen zu müssen?«

Tauno warf entrüstet die langen blonden Haare zurück. »Hä? Ich bin ein Künstler! Ein Freigeist! Meine Worte und Taten sind eine Bereicherung für diese triste und fantasielose Welt!«

Ivans Blick verfinsterte sich. »Regeln sind dazu da, um eingehalten zu werden. Denn nur so können alle zusammenleben, ohne sich gegenseitig permanent auf den Sack zu gehen!«

»Aber was bringen Regeln, wenn sie dazu führen, dass Menschen unglücklich werden? Das ist doch falsch!« Er sprang auf und warf die Fernbedienung auf das Sofa. Der Sender wechselte und zeigte nun meditatives Drachensteigen auf satten grünen Bergwiesen.

Ivan trank die Flasche in einem Zug aus und knallte sie auf die Anrichte der Küche. »Du wirst es nie kapieren! Akzeptiere es einfach! Du bist nichts weiter als ein nervtötender Dummschwätzer, der sich für etwas besseres hält! Komm mal wieder runter von deinem hohen Ross!«

Tauno platzte der Kragen. »Und du bist ein nörgelndes altes Waschweib! Ein Korinthenkacker wie alle anderen aus dem Schülerrat! Mit dir diskutiere ich nicht!« Er stürmte zur Tür und zog sich die Schuhe an. »Weißt du was? Ich werde mich nun in meinem Zimmer einschließen und an meinem Buch weiterschreiben! Zwing doch jemand anderen, nach deiner Pfeife zu tanzen! Ich bin aus der Sache raus!«

Die Tür knallte laut zu. Ivan schnalzte mit der Zunge. »Immer wieder dasselbe mit ihm. Solang alle seiner Meinung sind, ist die Welt in Ordnung. Was für ein Idiot!« Er zuckte mit den Schultern und setzte sich auf die Couch. Die sanften Flötenklänge aus dem Fernsehen machten ihn wahnsinnig. Sein rechtes Augenlid begann zu zucken. »Tse! Warum rege ich mich überhaupt auf!« Er wechselte auf Eishockey und lehnte sich zurück. Als er sah, wie sich die Spieler gegenseitig in die Bande schubsten, stahl sich ein schiefes Lächeln auf seine Lippen. »Scheint, als müsste ich mir etwas überlegen, damit dieser alte Drama-King wieder aus seinem Zimmer herauskommt. Notfalls bekommt Kolonius nächste Woche doch ein neues Gebiss verpasst …«

***

Der Tee schmeckte so bitter wie die neueste Statistik. Reiner überflog noch einmal die einzelnen Seiten, schloss dann aber resignierend den Ordner und nahm einen weiteren Schluck seiner beruhigenden Kräuterteemischung. »Es ist genau das eingetreten, was ich vorausgesehen habe, aber es hier und jetzt schwarz auf weiß zu sehen, beunruhigt mich doch ein bisschen.«

Cordelius griff nach dem Ordner und sah sich ebenfalls die Zahlen an. »Eigentlich sollten die Testsubjekte doch gesünder, ausgeglichener und damit belastbarer werden.« Er stützte den Kopf auf die Hände und kräuselte grübelnd die Stirn.

Der Schulleiter Claus Trumpf hatte ihnen die Freiheit gegeben, mit ihrer Gruppierung, dem RGB-Lab, herauszufinden, wie man das Zusammenleben auf dem Internat verbessern konnte. Doch anstatt dafür zu sorgen, dass sich die Schülerschaft in eine homogene Masse an fleißigen und zufriedenen zukünftigen Führungspersönlichkeiten entwickelte, gab es immer mehr Querschläger, die sich unter Stress genau in die entgegengesetzte Richtung entwickelten.

Nanda schenkte sich auch eine Tasse Kräutertee ein und setzte sich zwischen die beiden. »Ich habe eventuell die Ursache gefunden. Meinen Nachforschungen zufolge ist neulich nämlich etwas höchst Eigenartiges vorgefallen.« Er holte sein Smartphone aus der Tasche und spielte ein Video ab. »Das hier hat Dennis vor zwei Tagen auf *FlikFlak* hochgeladen.«

Reiner und Cordelius rückten näher, um sich den kurzen Videoclip anzusehen.

»Hallo, liebe Zuschauer«, begann Dennis schüchtern. »Ich weiß nicht, ob ich das sagen darf, ohne dass ihr gleich denkt, dass ich spinne, aber …«, er sah sich nervös im Zimmer um, »… letzte Woche ist mir etwas Seltsames passiert.« Er beugte sich nach vorne und begann

zu flüstern. »Als ich im Schulwald der Akademie joggen war, habe ich plötzlich ein komisches Licht gesehen.« Seine Pupillen verengten sich und es schien, als würde er vor Anspannung zu Schwitzen beginnen. »Ich war starr vor Schreck. Plötzlich war da ein UFO und fünf Außerirdische, die mit Laserstrahlen um sich geschossen haben. Ich hatte solche Angst!« Wieder sah er sich panisch um. »Bitte glaubt mir! Das kann man sich doch nicht einbilden!«

Im Hintergrund polterte etwas.

Dennis nahm zitternd das Smartphone in die Hand. »Ich muss aufhören! Sie hören mich bestimmt ab! Bitte seid vorsichtig! Ich habe euch gewarnt!«

Das Video endete abrupt.

»Interessant, nicht wahr?«, fragte Nanda ausdruckslos.

Cordelius schluckte hörbar. »Ich kann … nein, ich will das nicht glauben!«

»Außerirdische? An unserer Schule?« Reiner faltete die Hände und begann selig zu lächeln. »Besucher aus einer anderen Dimension, die erschienen sind, um uns eine wichtige Botschaft zu überbringen!«

Nanda schüttelte den Kopf. »Die Wahrscheinlichkeit, dass es dort draußen im Universum noch andere Spezies gibt, ist sehr hoch. Doch das Universum ist unendlich groß. Außerirdische werden, wenn es sie wirklich gibt, bestimmt nicht mitten im Nirgendwo auftauchen, um ein paar Schülern einen Schrecken einzujagen. Eher klopfen sie bei der Regierung an, während der Präsident gerade mit heruntergelassenen Hosen auf dem Thron sitzt.« Er nahm einen Schluck Tee und verzog das Gesicht. Viel zu bitter.

Reiner sprang auf und breitete die Arme aus. »Für multidimensionale Wesen spielen Raum und Zeit doch keine Rolle!« Er nickte zufrieden und öffnete die Tür zu seinem Meditationsraum. »Ich werde meine Astralwächter befragen, was es damit auf sich hat.«

Cordelius holte seinen Feldstecher hervor und ging zum Fenster. »Da hat sich bestimmt jemand einen Scherz erlaubt. Eine Schande, dass Dennis deswegen nervös geworden ist und es auch noch ins Internet stellen musste. Das wird dem Schulleiter bestimmt nicht gefallen. Ich muss noch gründlicher in meinen Naturbeobachtungen werden, damit sich solche Zwischenfälle in Zukunft vermeiden lassen!« Vorsichtig schob er den Feldstecher zwischen den Vorhängen hindurch und betrachtete den Schulhof. Einige Schüler saßen entspannt auf den Bänken, andere wiederum eilten zu ihren Nachmittagskursen. Und dann war da auch noch eine Gruppe von Schülern, die aufgeregt mit dem Schülersprecher Kolonius diskutierte.

Nanda hatte inzwischen sieben Teelöffel Zucker in der Teetasse angehäuft und sah dabei zu, wie diese weiße Insel aus Zucker im Kräuterozean von den Wellen umspült wurde und langsam versank. »Egal was dort passiert ist, wir werden es herausfinden. Es gibt kein Problem, das wir nicht zu unserem machen können.«

Der Schülersprecher auf dem Hof war inzwischen krebsrot angelaufen und fuchtelte wie wild mit den Armen. Cordelius begann bis über beide Ohren zu grinsen. »Und ich habe auch schon eine Idee, welches das nächste sein könnte!«

***

John lief heute erneut zu Hochtouren auf. Seit zwei Tagen hatte er einen Kampf in der Küche gefochten, der nun mit dem Abgießen der Nudeln und dem Portionieren in den Ramenschüsseln ein Ende nahm. Wie ein geübter Sternekoch garnierte er sein Meisterwerk mit dünn geschnittenem gerollten Schweinebauch, halbierten Eiern, deren Eiweiß fest, das Eigelb aber noch flüssig war, Shiitake-Pilzen, in die ein Blumenmuster eingeritzt war, sodass sie aussahen wie kleine Laugenbrötchen, Lauchzwiebeln, Sojasprossen, Bonitoflocken, Wakame-Algen und etwas Naruto-Fischwurst. Als er fertig war, holte er sein Smartphone hervor und machte ein paar Fotos für *Instabook*, damit er sie später mit Anders Hilfe bearbeiten und hochladen konnte. Er hatte zwar nicht annähernd so viele Fans wie Anders, doch seine Fotos und Rezepte brachen regelmäßig Rekorde. Manchmal wurden sie sogar von seiner Mutter in den Staaten kommentiert, die ihm anschließend Bilder von ihren misslungenen Versuchen sein Essen nachzukochen schickte. »Hilft mir jemand beim Servieren?«, rief John in die versammelte Tischrunde.

»Sofort!« Taro sprang auf und salutierte. Seit zwei Tagen konnte er die Vorfreude auf die Nudelsuppe kaum noch aushalten.

Auch Anders erhob sich.

Ivan, der gerade noch ein paar Gewichte gestemmt hatte, wischte sich den Schweiß mit einem Handtuch ab und hängte sich dieses um den Hals. »Komme schon!« Er kletterte die steile Treppe von der Empore herab und ließ seinen Blick über den Tisch schweifen. Obwohl John sein Festmahl groß angekündigt hatte, war Tauno nicht gekommen. Er war also noch immer beleidigt. Dafür waren ihre drei Freunde aus dem RGB-Lab gekommen. »Na, Reiner, was machen die Illuminaten?« Ivan grinste schief und setzte sich an den Tisch.

Vorsichtig stellte Anders eine große Nudelschüssel vor ihm ab, von der ein unwiderstehlicher Duft nach ausgekochten Schweineknochen und Sojasoße aufstieg.

Reiner konterte sein schiefes Grinsen. »Das solltest du doch eher deinen reptiloiden Vater fragen.« Er musterte ihn eingehend. »Ich kann sehen, dass du einen Schatten auf deiner Aura hast. Leider ist derjenige, der ihn entfernen kann, gerade nicht anwesend.«

»Tse!« Ivan brach ein Paar Einweg-Holzstäbchen in der Mitte entzwei und begann seine Nudeln zu schlürfen. Reiner war ihm suspekt. Nicht nur, weil er eine hohe Beobachtungsgabe hatte und deshalb jeden wunden Punkt sofort entdecken konnte, sondern auch, weil er sich blendend mit Tauno verstand. Beide schwangen, wie es der Esoteriker immer sagte, auf derselben Wellenlänge. Einer Wellenlänge, auf der jeder von beiden das unsinnigste Geschwurbel von sich geben konnte und der andere ebenfalls mit Geschwurbel antwortete.

John hatte nun auch die letzten drei Portionen fertig garniert. Während Nanda und Reiner ihren Anteil dankend annahmen, starrte ihn Cordelius mit forschem Blick an. »Ist da Fleisch drin?«

John verneinte.

»Fisch? Irgendwelche tierischen Zusätze?«, bellte er weiter. John hob abwehrend die Hände. »Alles in Ordnung. Alles vegan. Kombu-Algenbrühe, frittierter Tofu, etwas eingelegter roter Ingwer. G… Guten Appetit?«

»Hmm?« Cordelius nahm seine Stäbchen und stocherte prüfend in der Suppe herum. »Aber besonders klimafreundlich ist das ja nicht, wenn die Zutaten vom anderen Ende der Welt hergeflogen werden müssen.«

John brach der Schweiß aus. Der Umweltaktivist schaffte es jedes Mal, ihn aus der Reserve zu locken. »D… Die Algen sind eine spezielle Zucht aus Frankreich, die Sojasoße wird in den Niederlanden hergestellt und der Tofu kommt von einer taiwanesischen Dame aus dem Ort.«

Cordelius blickte ihn erneut kritisch an. »Und die Sojabohnen, aus denen die Sojasoße und der Tofu hergestellt worden sind? Woher kommen die?«

John schluckte. Cordelius brachte ihn schlimmer ins Schwitzen als eine finnische Sauna. »A… Aus Italien. Alles Erzeugnisse aus der Europäischen Union.«

Cordelius knurrte noch immer wie ein kleiner Hund, der zum ersten Mal dem Postboten begegnete. »Und der Ingwer? Der ist doch sicher weder bio, noch regional!«

Nanda legte ihm beschwichtigend die Hand auf die Schulter. »Lass gut sein. John hat sich so viel Mühe gegeben und es ist köstlich.«

John atmete erleichtert auf und setzte sich ebenfalls. Wenn Nanda, der wie Reiner und Cordelius bekennender Vegetarier war, sagte, dass es schmeckte, hatte er alles richtig gemacht.

»Wirklich lecker! Großartig!«, gab auch Taro seine Expertenmeinung ab und schlürfte zufrieden seine Nudeln. Er war glücklich, dass John sich nach seinem (beabsichtigten) Küchendesaster ein weiteres Mal dazu aufgerafft hatte, Ramen für alle zu kochen. Sein Herz klopfte vor Freude. John war wirklich der Beste. Er bereute seine Entscheidung nach Europa an die Saint Claus Academy gekommen zu sein bisher kein einziges Mal. Außer vielleicht nachts, wenn er wieder einmal nicht schlafen konnte, weil sein Zimmernachbar Cordelius lauter als ein Presslufthammer schnarchte. »Ich wusste gar nicht, dass du kein Fleisch isst! Dabei ist es total lecker!« Strahlend biss er ein Stück von dem Schweinebauch ab.

Cordelius verzog das Gesicht und knabberte an seinem Tofu. Seine Stimme wurde ganz leise. »Das ist ein totes Tier. Ein totes Lebewesen, das mal ein Bewusstsein hatte. Und Gefühle.«

Taro und Anders schwiegen betroffen.

Ivan verdrehte die Augen und versuchte nicht zuzuhören. Er wollte keine Diskussion mit in seinen Augen verbohrten Öko-Spinnern anfangen, die meinten, durch ihre besondere Lebensweise einen moralischen Heiligenschein zu besitzen. Er wollte einfach nur sein leckeres Essen genießen. *Wirklich köstlich. Zu schade, dass Tauno davon nichts abbekommen würde.* »Tse!«, entglitt es ihm. *Warum dachte er überhaupt darüber nach, wie es diesem Idioten ging? Der war doch selbst schuld, wenn er sich einsperrte und die beleidigte Leberwurst spielte!*

»Ich habe auch noch einen Nachtisch vorbereitet!«, rief John und klatschte, um von der unangenehmen Situation abzulenken. Er hoffte, Cordelius wenigstens damit eine Freude machen zu können. »Gestern habe ich Grünteeeis und Brownies gemacht.«

Cordelius holte Luft und wollte etwas erwidern, doch John hob beschwichtigend die Hände. »Vegan!« Und es wirkte. Cordelius nickte zufrieden und schlürfte weiter seine Nudeln. John seufzte erleichtert.

Stille trat ein. Jeder war mit seinem eigenen kleinen Universum aus heißen Ramen und Beilagen beschäftigt. Das Schlürfen bildete einen vielstimmigen fleischhaltigen und fleischlosen Chor, dessen erster Akt abrupt durch ein energisches Klopfen an der Tür beendet wurde.

Ivan wischte sich den Mund ab und stand auf. »Hat der Lauch sich jetzt doch aus seiner Gruft herausgewagt?«

Es klopfte erneut.

»Ja, ja, ich komme schon!« *Seltsam, dass sich Tauno nicht einfach selbst hineinlassen konnte?* »Es ist übrigens nichts mehr da! Wir haben alles aufgegessen! Denn keiner mag eine nörgelnde Diva wie dich dabei haben!« Er öffnete die Tür.

»Ähem!«

»Schülersprecher Kolonius von Kotwitzki!« Ivan straffte sich augenblicklich und schlug die Hacken zusammen.

Kolonius rümpfte die Nase und schnüffelte angestrengt. »Wird hier etwa immer noch gekocht?«

Ivan zuckte mit den Schultern und öffnete die Tür, damit der Schülersprecher hineinkommen und sich umsehen konnte.

»Aha!« Kolonius warf einen prüfenden Blick in die Runde. Er erkannte, dass sich neben vier Mitgliedern des Spa-Clubs auch die drei Mitglieder des RGB-Labs in der Blockhütte eingefunden hatten.

Taro rutschte vor Schreck ein Stück Schweinebauch vom Stäbchen und es platschte zurück in die Brühe.

»Welch Anarchie! Kein Brandmelder, aber dafür eine große Versammlung.« Er verschränkte die Arme und tippte gereizt mit dem Fuß auf und ab. »Clubübergreifende Aktivitäten sind eigentlich eine Woche im Voraus anzumelden, damit es im Schadensfall keine Probleme mit der Versicherung gibt.« Er rückte seine Brille zurecht und inspizierte jede Ecke der Blockhütte ganz genau. »Sind diese Stoffe B1-zertifiziert? Ist das Sicherheitsglas? Und wann wurden die Sportgeräte zuletzt geprüft?«

Um seinen Ärger zu unterdrücken, begann John die Küche aufzuräumen.

Ivan knetete angespannt seine Serviette, sagte aber nichts und starrte stattdessen in seine Ramen-Schüssel.

Während Anders sich panisch fragte, ob es auch eine Normierung für Unterhosen gab, verstand Taro nur die Hälfte und blickte irritiert vom einen zum anderen.

Reiner, Cordelius und Nanda beobachteten schweigend das wütende Spektakel.

Schließlich öffnete Kolonius die Toilettentür, um auch dort nach dem Rechten zu sehen. »Ha! Da sind Haare im Waschbecken! Und der Wasserhahn ist voller Kalkflecken! Das ist unerhört!«, polterte er. »Und und und! Ah! Wer zum Teufel hat die Toilettenpapierrolle verkehrt herum aufgehängt?« Entsetzt stürmte er aus der Toilette. »Ihr seid der verlotterteste Club, den ich je gesehen habe! Schämt euch! Das wird Konsequenzen haben!« Er begann schwer zu atmen. Kalter Schweiß stand auf seiner Stirn.

Reiner hatte sich zwar vorgenommen, nur den Schülern zu helfen, die freiwillig zu ihm kamen und ihn um Rat baten, doch den Anblick von Kolonius tiefroter Aura konnte und wollte er nicht ignorieren. Also ging er zu ihm und ergriff seine zitternden Hände. »Es tut mir leid, dass alles etwas durcheinander ist. Lass uns zusammen tief durchatmen, ja? Einatmen. Ausatmen.«

Kolonius sah ihn erst irritiert an, ließ sich dann aber doch auf seine Worte ein und nickte hektisch. »Einatmen. Ausatmen.«

Reiners mildes Lächeln und dessen raumfüllender Geruch nach Patschuli wirkte beinahe hypnotisch auf ihn. »Einatmen. Ausatmen. Die Energie strömt hinein und wird wieder freigelassen. Lass mit jedem Ausatmen etwas von deiner Anspannung los.«

»Einatmen. Ausatmen.« Das Zittern in Kolonius Händen ließ nach. Auch seine Aura, die nur der Esoteriker sehen konnte, verblasste wieder. Das Rot wurde zu einem kleinen Punkt in seiner Brust, das umgeben von dunklem Blau langsam pulsierte.

»Genau.« Reiner ließ seine Hand los und nickte ihm entspannt zu. Dann kramte in seiner Jackentasche und holte ein kleines Pillendöschen hervor. »Zuviel Stress macht krank, Kolonius.«

»Ja«, antwortete der Schülersprecher apathisch. »Einatmen. Ausatmen.«

Reiner nickte und drückte es ihm in die Hand. »Wenn du dich das nächste Mal nicht gut fühlst, solltest du ein paar Globuli nehmen und meditieren. Okay?«

Kolonius nickte stumm und steckte sie weg.

»Wir alle wissen, dass dein Job manchmal etwas hart ist.« Er schob ihn langsam, aber bestimmend zur Tür hinaus. »Aber er ist leichter, wenn du ihn mit Licht und Liebe erfüllst.«

»Licht und Liebe«, nickte Kolonius, benebelt von Reiners Stimme und Geruch. Die Tür fiel ins Schloss. Augenblicklich erwachte er aus seiner Trance. »Hey! Aber der Brandmelder!« Er klopfte mehrmals gegen die Tür, doch niemand öffnete. *Ignorierten die ihn etwa? Welch lasterhafter Verein! Nicht zum Aushalten!* Er schürzte die Lippen und wandte sich ab. »Na gut! Aber nur noch eine Woche! Eine Woche! Habt ihr verstanden?«

Taro applaudierte beeindruckt. »Das war großartig! Reiner, du bist wirklich megacool!«

Während John den Nachtisch verteilte, winkte Reiner ab. »Ich habe nichts weiter gemacht, als die Weisung der astralen Mächte auszuführen.«

Taro legte fragend den Kopf schief. »Astral? Was ist das?«

»Quatsch, nichts weiter als Quatsch!«, blaffte Ivan und massakrierte seine Eiscreme mit dem Löffel. »Nichts weiter als einstudiertes Theater, auf das solche schwachen Menschen wie der Schülersprecher hereinfallen.«

Reiner schüttelte den Kopf. »Ivans Aura ist voller Turbulenzen. Deshalb verzeihe ich ihm seine harschen Worte.«

»Ich geb dir gleich Turbulenzen, wenn du nicht endlich mit diesem Geschwurbel aufhörst, Mann!« Ivan schlug mit der Faust auf den Tisch.

Reiner wandte sich wieder Taro zu. »Deine Aura hingegen...« Er musterte ihn intensiv. »Ich sehe eine Aura, die schillernd wie ein Kristall ist! Sie ist etwas ganz Besonderes!«

Taro errötete. »Etwas ganz Besonderes?«

Reiners Blick verfinsterte sich. »Ja. Ich sehe einen niemals versiegenden magentafarbenen Brunnen. Doch da sind auch kleine dunkle Flecken. Ich sehe, dass dich etwas betrübt.«

Taro erbleichte. »Etwas betrübt mich?« Das Eis geriet zur Nebensache. Auch wenn er Reiner heute zum ersten Mal begegnet war, hatte Taro das Gefühl ihm alles anvertrauen zu können. »Manchmal vermisse ich mein Zuhause total! Mama, meine beiden Schwestern, unser elektrisches Klo … und Papa!«

Warum kam die Toilette in seiner Aufzählung noch vor seinem Vater? Reiners Augen verengten sich zu Schlitzen.

Taro lächelte schüchtern. »Aber hier ist es auch sehr schön. Ich habe neue Freunde gefunden. Und ein Superheld bin ich auch!«

»Ha ha! Ha ha ha!« John lachte nervös und stieß Anders leicht mit dem Ellenbogen in die Rippen, damit dieser ebenfalls lachte.

»Ah ha ha ha! Genau, der Held der Sauna!«, lachte Anders gekünstelt und warf Ivan einen vielsagenden Blick zu, der daraufhin ein beschämtes »Hi hi hi« von sich gab.

Cordelius und Nanda sahen sich irritiert an, sagten aber nichts.

Taro fuhr fort. »Aber es gibt Dinge, die ein Held nicht tun kann! Ich kann zum Beispiel nichts dagegen tun, dass sich Ivan und Tauno immer streiten. Das ist traurig!«

Reiner nickte. »Das wusste ich bereits. Streit gedeiht auf einem Nährboden des Hasses.« Er schloss die Augen und tippte sich an die Stirn. »Oh! Mit meinem dritten Auge sehe ich schwarz und weiß, unüberwindbare Gegensätze, die niemals eins werden können. Oh!«

Ivan knurrte gereizt und schlang seinen letzten Bissen hinunter. »Ist gut, du Spinner! Ich hab es verstanden!« Er stand auf und ging zur Tür. »Ich werde mit Tauno reden, okay?«, er wandte sich ab. »Das ist voll normal, dass wir uns ab und zu streiten. Aber«, druckste er herum, »es ist nicht okay, dass sich jemand anderes deswegen mies fühlen muss!«

***

Kolonius fühlte sich elend. Die ganze Frühjahrskontrolle schien einfach kein Ende zu nehmen. Selbst die Globuli, die Reiner ihm gegen den Stress gegeben und die er nun schon mehrmals genommen hatte, halfen immer nur kurzzeitig. Er brauchte wirklich eine Pause. Die Toilettentür knarzte, als er den großen Raum mit den Waschbecken betrat. Nicht das auch noch. Er würde die Scharniere neu ölen lassen müssen. Er wollte sich eigentlich nur die Hände waschen. Doch wenn er schon einmal da war, konnte er genauso gut auch nachschauen, ob noch genug Toilettenpapier vorhanden war.

Er prüfte die Spülung der Pissoirs. Nur das mittlere zog etwas länger nach und musste repariert werden. Die Fenster waren sauber und schlossen einwandfrei. Als er die erste Toilettenkabine öffnete, begann sein Puls zu rasen. »Aha!« Die Toilettenpapierrolle war verkehrt herum aufgehängt. Mit einem schnellen Handgriff beseitigte er den Anblick der Schande und widmete sich der nächsten Kabine. Die Spülung klemmte. Er biss sich auf die Unterlippe und unterdrückte ein Fluchen. Es hing nur noch ein Blatt auf der Rolle und das machte ihn wütend. *Warum konnte derjenige, der das Ende der Rolle kommen sah, nicht einfach eine neue aufhängen? Aber nein, es wurde Russisches Toilettenpapier Roulette gespielt und kurz vor dem Ende der Rolle immer nur ein oder zwei Blatt verwendet, damit man bloß nicht derjenige war, der die Rolle austauschen musste!*

Die dritte Toilettenkabine schien normal zu sein. Lediglich die Klobürste schien zu fehlen. Kolonius seufzte resigniert. »Muss man sich als Schülersprecher eigentlich um jeden Handgriff selbst kümmern?« Er knallte die Kabinentür hinter sich zu und kontrollierte die Waschbecken. Dann entdeckte er es. Ein langes schwarzes Haar klebte quer in der Waschschüssel. »Das ist eine Ungeheuerlichkeit! Verlottert!« *Wie sehr er es doch hasste, wenn die Schüler sich die Haare auf der Toilette kämmten und danach nicht überprüften, ob alles sauber und aufgeräumt war!* Sein Herzschlag pochte laut in den Ohren. Er musste den Kragen seiner Schuluniform öffnen und die Krawatte lockern. *Einen Schwamm! Er brauchte einen Schwamm!* Er hastete hinaus auf den Korridor und rannte schnurstracks zur Putzkammer. Als er die Tür aufriss, fielen ihm Schrubber, Eimer und Schwämme entgegen und begruben ihn unter sich. Er schnaufte laut. »Einatmen. Ausatmen. Einatmen … Ah! Ich kann nicht mehr! Ich halte das nicht mehr aus! Hört alle auf so verantwortungslos zu sein!«

Im nächsten Moment gab es einen lauten Knall.

***

Tauno war vollständig in seiner eigenen Welt abgetaucht. In den letzten sechs Tagen hatte er weder das Zimmer verlassen, um zum Unterricht zu gehen, noch hatte er etwas anderes außer Schokoriegel und Energydrinks zu sich genommen. Die laute Metal Musik schallte Tag und Nacht aus seinem Zimmer heraus und nicht einmal die benachbarten Internatsbewohner konnten ihn mit ihrem wütenden Klopfen gegen die Wände davon abhalten, an seinem Buch weiterzuschreiben.

Sogar John hatte es nach langem Zureden aufgegeben in das gemeinsame Zimmer kommen zu wollen und die letzten Nächte auf der Couch des Spa-Clubs verbracht.

Nicht einmal auf Direktnachrichten auf seinem Smartphone reagierte Tauno. Er war stinksauer. *Niemand nannte ihn einen nervtötenden Dummschwätzer! Er hatte rechtgehabt und Ivan nicht. Er wollte doch nur das Beste für den Club! Und was war passiert? Am Ende war er beleidigt worden von diesem Proleten von einem Russen, der primitive Buschgesänge mit Trommeln, sogenannte Rap-Musik, kultivierter Rockmusik vorzog! Was für ein Antagonist! Ja, Ivan war der perfekte Bösewicht für sein Buch!* Er musste die negative Stimmung nutzen und sie Zeile für Zeile in seinen neuen Roman einweben. *Und am Ende würde Ivan, der Antagonist, in einem epischen Schwertkampf verwundet werden und um sein Leben betteln! »Es tut mir leid!«, würde er sagen. »Ich habe Fehler gemacht und das sehe ich ein! Bitte verzeih mir!«*

Seine Finger flogen nur so über die Tastatur. Vor seinem inneren Auge konnte er den Helden sehen, der sein Schwert erhob, bereit dem Bösewicht den Kopf abzuschlagen und damit das Flehen zu beenden. *Die Klinge erhob sich, bereit herunterzusausen. Hell glänzte sie im Licht der untergehenden Sonne, bis schließlich* … alles schwarz wurde.

»Nein! Bitte nicht jetzt!« Tauno sprang auf und stolperte über eine Dose. Stromausfall. Er taumelte einbeinig durch die Dunkelheit und ließ sich schließlich auf das breite Bett fallen. Ursprünglich waren es zwei Betten gewesen, die jeweils an den gegenüberliegenden Wänden des Zimmers standen, doch da John immer sehr unruhig schlief und sogar schon aus dem Bett gefallen war, hatten sie beide Betten an einer Zimmerwand zusammengeschoben. Nun fiel John zwar nicht mehr aus dem Bett, doch nahm er ihn des Nachts öfter einmal liebevoll in den Schwitzkasten.

Die Musik war verstummt, doch seine Ohren klingelten noch immer. Ein einzelner Lichtstrahl fiel durch die zugezogenen Vorhänge. Ansonsten herrschte bleiernes Grau.

Wann hatte er zuletzt gespeichert? Er konnte sich nicht daran erinnern. *Konnte nun wirklich die Arbeit von einigen Stunden weg sein? All die Gefahren, die der Held überwunden hatte? All die Entbehrungen, die er mit Würde ertragen hatte?* Sein Magen knurrte laut. Er tastete im Dunkeln umher, doch er fand nichts als leere Dosen und zerknüllte Schokoriegelpapiere.

Es klopfte an der Tür.

»Lasst mich in Ruhe!«, rief Tauno beleidigt und drehte sich auf die Seite.

»Mach auf, du Lauch!« Es klopfte energischer an die Tür. Als er noch immer nicht reagierte, folgten dem Klopfen ein paar Fußtritte. »Ich sag dir, wenn du nicht sofort aufmachst, trete ich die Tür ein.«

Tauno schmollte. *Wenn man vom Teufel sprach! Kaum, dass er den bösen Ivan in seiner Geschichte geköpft hatte, stand der echte vor der Tür und ging ihm auf die Nerven.* »Versuch es doch! Ich mache nicht auf!«

Wieder ein paar Faustschläge. »Ich meine es ernst! Mach auf, oder ich hole den Generalschlüssel! Den Strom habe ich bereits abgestellt!«

Tauno sprang entrüstet auf. »Du hast was?«

Wütend stapfte er zur Tür, schloss auf und riss sie auf. »Bist du noch ganz dicht?« Er hatte tiefe Augenringe und trug einen Jogginganzug, den er seit mindestens zwei Tagen nicht mehr gewechselt hatte. »Weißt du, wie viele Stunden Arbeit ich durch deine beschissene Aktion verloren habe? Ist dir nichts besseres eingefallen?«

Ivan verzog das Gesicht und hielt sich die Nase zu. Tauno hatte nicht nur den Trainingsanzug seit zwei Tagen nicht gewechselt. »Anders reagierst du ja nicht!«

Oh, wie gern er auch in der Wirklichkeit sein Schwert genommen und ihn niedergestreckt hätte! »Mit Fieslingen wie dir rede ich nicht! Und hör gefälligst auf, dir die Nase zuzuhalten, das ist total unhöflich!«

Ivan konnte die Kombination aus Schweiß und zuckerhaltigen Getränken nur schwer ertragen. »Aber du stinkst!«

»Und du bist ein garstiger Griesgram! Ich sage auch nie was, wenn du nach dem Joggen deine stinkigen Turnschuhe ausziehst! Das ist genau das, was ich meine! Ich lasse es mir nicht länger gefallen, von dir angemault zu werden!« Tauno knallte die Tür zu.

Der Schweißgeruch ebbte ab. Ivan wollte erneut mit der Faust gegen die Tür schlagen, doch er hielt inne. »Eigentlich müsste ich derjenige sein, der stinksauer ist. Du machst doch immer fiese Witze auf Kosten anderer!«

Tauno lehnte sich mit dem Rücken gegen die Tür. »Ich bin nur ehrlich! Und das auf eine nette und weniger direkte Art als du!«

Ivan zischte genervt. »Können wir uns darauf einigen, dass wir beide manchmal etwas direkt und impulsiv sind? Ehrlich gesagt, geht mir das total auf den Sack, dass du dich einsperrst. Sogar unser Kleiner macht sich schon Sorgen.«

Tauno öffnete die Tür einen Spalt und grinste unheimlich. »Hast du etwa gerade gesagt, dass ihr euch Sorgen um mich machst?«

Ivan errötete. »Nein, du Lauch! Und geh endlich duschen! Du stinkst!«

(Dafür ist jetzt keine Zeit!)

Blob manifestierte sich und waberte aufgeregt durch die Luft. »Während ihr euer Kaffeekränzchen abgehalten habt, ist draußen das Böse am Werk!«

Tauno zog die Vorhänge zurück und blickte aus dem Fenster. Der gesamte Fußballplatz war von einem Gespinst aus langen weißen Streifen überzogen worden. Er hob kritisch eine Augenbraue. »Klopapier? Ernsthaft?«

Ivan schaltete den Strom wieder ein. Die Beschallung begann von neuem.

Tauno krempelte die Arme hoch und zog sich ein paar Schuhe an. »Na dann wollen wir mal ein bisschen aufräumen!«

Gemeinsam verließen sie das Wohnhaus mit Taunos und Johns Zimmer und bahnten sich ihren Weg durch das Labyrinth an Toilettenpapier.

Ivan sah Blob an und rümpfte die Nase. »Sagt mal, muss hier eigentlich jeder stinken? Wie ekelhaft!«

Blob zuckte zusammen und begann vor Verlegenheit zu blubbern. »Frechheit! Sei froh, dass John mich wieder zusammengeflickt hat. Glaubt mir, in der Kläranlage herumzuschwimmen war echt kein Spaß!« Er schwirrte zwischen zwei Lagen Toilettenpapier hindurch.

»Taro? John? Anders? Wo seid ihr?«, rief Tauno suchend.

Ivan knirschte mit den Zähnen. »Blöder Mist! Warum kann sich nicht jeder alleine verwandeln? Das dauert mir einfach viel zu lange!« Er schlug mit der Handkante gegen ein dichtes Knäuel Toilettenpapier. Sofort zuckte er zusammen. Es britzelte und knisterte. »Autsch! Voll der Stromschlag!« Die Haare standen ihm zu Berge.

»Vorsicht! Der heutige Elf scheint etwas geladen zu sein!«, warnte sie Blob.

»Ha ha, geladen, sehr witzig, Blob!«, zischte Ivan, kniff die Augen zusammen und sah sich um. Die weißen Toilettenpapierstreifen erschwerten ihm die Sicht. Er wollte es ungern zugeben, doch dieses Mal hätte er seine getönte Brille wirklich gebraucht.

»Ah, da drüben!«, rief Tauno und deutete in das Gewirr hinein.

In kurzer Entfernung hatte der Elf Taro, John und Anders eingewickelt und aufgehängt wie Beute in einem Spinnennetz. Etwas Rotes zischte über sie hinweg und verschwand anschließend im Wirrwarr des Papiers.

Tauno packte Ivan am Arm und zog ihn mit sich.

»Hier oben!«, rief Taro. Er versuchte ihnen zuzuwinken und kassierte dafür einen Stromschlag. »Au au au!«

»Lang nicht mehr gesehen!« John lächelte ihnen mit stoischer Ruhe zu. »Wollt ihr auch mit abhängen?«

Ivan schnalzte mit der Zunge. »Ist heute Tag der schlechten Wortspiele? Los, bringen wir es hinter uns!«

Er und die anderen drehten die Sanduhr auf ihrer Armbanduhr auf den Kopf. »Time to relax!«

Der Energieschub der Verwandlung zerschnitt die Papierbänder. Im Regenbogen erschienen die fünf Helden und stellten sich dem Elf der Woche vor.

»Der Ritter aus schwarzem Metall! Metal Infuser!«

»Das Feuer der frostigen Einöde! Tundra Infuser!«

»Der erfrischende neue Schnitt! Spruce Infuser!«
»Der Sandsturm des Wilden Westens! Mezcal Infuser!«
»Der blühende Kirschblütenreigen! Sakura Infuser!«
Blob kamen vor Freude über die galante Heldenvorstellung die Tränen.
»Erst heiß machen …«
»… dann abspritzen!«
»Sweet!«
»Sweat!«
»Swoop!«
…
Ein Steppenläufer rollte einsam und allein von links nach rechts.

Tundra verdrehte die Augen. »Na toll! Keiner außer unser nach Abwasser stinkender Freund hat es gesehen! Das nächste Mal sparen wir uns das Theater und geben dem bösen Pack gleich eins auf den Sack!«
Metal prustete laut. »Fängst du jetzt auch noch mit den schlechten Wortspielen an?«
Tundra errötete. »Sei still!«
Sakura tanzte vergnügt umher. »Das war megacool! Fast wie im Fernsehen!«
Mezcal lächelte mild. »Ich für meinen Teil könnte das öfter machen! Aber leider geht zu viel Zeit dafür drauf.« Er tippte auf seine Armbanduhr. Es waren bereits zwei Minuten vergangen.
Spruce beschwor seine Sense. »Können wir uns bitte beeilen? Mir ist warm!«

»Und genau deswegen müsst ihr euch gemeinsam verwandeln! Stellt euch nur vor, wie viel Zeit vergehen würde, wenn jeder von euch seine eigenen 45 Sekunden zum Verwandeln bräuchte!«, mischte sich Blob ein.

»Das wäre eine wirklich lange Toilettenpause!«, grinste Metal Infuser.

Mezcal zog seinen Cowboyhut peinlich berührt ins Gesicht.

»Wie auch immer! Lasst uns diesem armen Elfen helfen! Fantastic Sakurastick!« Sakura zückte seinen Kirschblütenstab und wollte voranpreschen, doch das Toilettenpapier versperrte den Weg. »Oha!«, rief er verwundert. »Tundra? Spruce? Ich glaube, hier wird eure Kraft gebraucht!«

Spruce nickte und hob die cyanblau schimmernde Spruce Scythe. »Ein bisschen Haute Couture gefällig?« Er wirbelte die Sense umher und schoss blaue Lichtstreiche, welche die weißen Papierbahnen zerschnitten.

Tundra rannte unter den Fetzen hindurch und beschwor seine beiden Säbel. »Ich lasse mir von einem Baby wie dir nicht sagen, was ich tun soll!« Er bleckte die Zähne. »Obwohl du zur Abwechslung einmal recht hast! Icy Cross!« Ein gleißendes Kreuz verarbeitete die Papierstreifen zu Konfetti.

Flink schlüpften Mezcal, Sakura und Metal durch das Schneegestöber hindurch.

Spruce und Tundra wiederholten ihre Angriffe. Je näher die fünf dem Ausgangspunkt des Toilettenpapiers kamen, desto dichter wurden die Papierbahnen.

Wie ein Spinnennetz konzentrierten sie sich auf einen Knotenpunkt, an dem ein gestresster Elf auf sie warten musste.

»Haute Couture!«, rief Spruce ein weiteres Mal. Das cyanfarbene Licht hatte an Kraft verloren. Der letzte Schnitt schaffte es kaum noch Schaden anzurichten. »Tut mir leid!«, ächzte Spruce Infuser und wischte sich den Schweiß von der Stirn. »Von hier an müsst ihr es ohne mich schaffen. Mir ist verdammt heiß!«

Mezcal Infuser klopfte ihm anerkennend auf die Schultern. »Es war mir eine Ehre mit dir gekämpft zu haben. Das waren diesmal satte acht Minuten, bevor du schlappgemacht hast! Gut gemacht!«

»Icy Cross!«, rief Tundra Infuser erneut und durchtrennte das Dickicht mit mehreren Kreuzhieben.

Als sich die Papierflocken gelegt hatten, konnten sie endlich das Zentrum des Tumults sehen. Inmitten eines gigantischen Spinnennetzes aus Toilettenpapier hatte sich ein Elf in einem mobilen roten Toilettenhäuschen mit der Nummer E 124 verschanzt. Doch war dies kein normales stilles Örtchen, sondern eher ein Kranführerhäuschen mit acht Beinen, mit denen der Elf geschwind über sein Labyrinth an Klopapier klettern konnte. Das Toilettenhäuschen hatte nur ein kleines Bullauge, hinter dem man einen langhaarigen Elfen im Reinigungskittel mit Haarnetz und Gummihandschuhen sehen konnte, der konzentriert an Hebeln und Schaltern zog. Der Greifer des Krans fuhr aus und griff nach einem zappelnden Bündel.

Als der Elf an einem weiteren Hebel zog, schoss Toilettenpapier hervor und wickelte das Bündel noch weiter ein.

»Oh nein!«, rief Sakura Infuser und schlug die Hände über den Kopf. »Wir müssen dem armen Schüler helfen!« Erst jetzt wurde ihnen bewusst, dass rund um sie weitere zappelnde Schülerbündel hingen.

Sie erkannten Tristan Nothnagel, der vor ein paar Wochen ein paar Schrauben locker hatte, Kaplanis Plakadis von der griechischen Volkstanzgruppe, der an Ostern eigentlich nur ein paar Pappplakate kleben wollte und Norton Kaspersky, der sich eingehüllt in schützendes hygienisches Toilettenpapier seltsam wohlzufühlen schien. Auch ein unscheinbarer Typ, der Peter Platzhalter, oder so ähnlich, hieß, befand sich unter den Opfern.

»Fantastic Sakurastick!« Sakura schwenkte seinen Zauberstab und schoss eine Salve an glitzernden Kirschblüten auf den Elfen und sein stilles Örtchen, doch die Kirschblüten prallten an der Kranhülle ab.

Der Kran schwenkte herum. »Wer macht hier Unordnung?« Der Krangreifer schnappte wie ein bedrohliches Reptil. »Alles muss unter Kontrolle sein! Alles hat seine Ordnung!« Der Krangreifer schnellte empor.

Geschwind wichen die fünf Helden, Spruce nur mit Hilfe von Mezcal Infuser, der in unter den Arm geklemmt hatte, der Attacke aus.

Im nächsten Moment verschoss der Elf auch schon eine weitere Ladung an Toilettenpapier.

Metal und Tundra sprangen zur Seite, doch Sakura schaffte es nicht rechtzeitig. Das Papier wickelte ihn ein und zog ihn zurück zum Führerhäuschen des Krans.

»Hilfe!« Sakura versuchte sich zu befreien, doch das Toilettenpapier war stärker als er. »Das gibt es doch nicht! Wer hätte gedacht, dass europäisches Klopapier so viel robuster ist als japanisches!« Er zog und zerrte, bis er einen Stromschlag bekam. »Ich bin ja schon ruhig!«

»Tja«, sagte Tundra Infuser grinsend, »vier Lagen halten einfach viel mehr aus als zwei! Icy Cross!« Erneut zückte er die Säbel und verschoss seine weißen Lichtblitze.

Doch der Elf mit der Nummer E 124 reagierte sofort, zog an einem großen Hebel und verschoss einen Schwall Wasser, der die Attacke negierte.

»Oha!«, rief Mezcal Infuser erstaunt und zückte seinen Revolver. »Da brauchen wir wohl mehr Durchschlagskraft! Nimm das! Descarga de Mezcal!« Er feuerte ein paar gelbe Gewehrkugeln ab, die einen langen Lichtschweif hinter sich herzogen.

Wieder parierte der Wasserstrahl den Angriff. Nun zerrte der Elf blitzschnell an zwei Hebeln.

»Was? Wie?« Ein Ruck ging durch Sakura Infuser. Toilettenpapier umklammerte seine Gliedmaßen und zog ihn wie eine Marionette nach oben.

»Gloryhammer!« Metal Infuser stürmte voran und schwang seinen Hammer. Schwarze Wirbel drangen aus seinen Handflächen und umhüllten seine Zauberwaffe. »Wenn ihr mit euren Waffen nicht durchkommt, muss es rohe Gewalt tun! Ha!«

»Rainbow Relax Revolution!«, konterte Sakura unfreiwillig. Regenbogenfarbenes Licht schoss direkt auf Metal hinzu.

»Vorsicht!«, schrie Mezcal Infuser und warf sich vor ihn. Die Lichtenergie hüllte den zauberhaften Cowboy vollständig ein.

Metal hielt sich die Hände vor die Augen. »Mezcal, nein!«

»Ha ha ha!«, keckerte der Elf mit der Nummer E 124. »Ich werde alles unter Kontrolle haben! Und nun nehmt das!« Er drückte einen großen roten Knopf auf seiner Steuerkonsole. Der Kran ratterte und surrte, dann öffnete sich auf der Rückseite eine Klappe und es erschien ein Arsenal an Klobürsten und Pümpeln. »Und Feuer!«

Mezcal stand noch immer unbeweglich und selig lächelnd da. Durch Sakuras Attacke fühlte er sich tief entspannt und von Stress befreit. Seine sonst so schnellen Reflexe waren vollständig zum Erliegen gekommen.

»Icy Cross!«, rief Tundra Infuser ein weiteres Mal, als die todbringenden Geschosse auf sie zuflogen. Mehrere Schnitte zerteilten die Klobürsten, doch einige Pümpel entwischten ihm.

Mezcal Infuser fiel getroffen zu Boden. »Sorry!«, lallte er benommen.

Metal erbleichte. »Mama! Du kannst doch nicht schlapp machen!« Es war eine höchst dramatische Szene, wie er sie schon oft in seinen Büchern beschrieben hatte. Der Held brach zusammen, sein Dahinscheiden wurde beweint und schließlich erwachte eine neue Kraft in seinem Gefährten, der sich nun als der wahre Held wiedererkannte. Doch John alias Mezcal Infuser sah mit dem Pümpel, der sich an seiner Stirn festgesaugt hatte, einfach zu komisch aus.

»Bwa ha ha ha ha!« Metal brach in schallendes Gelächter aus. »Niedergestreckt von einem Pümpel! Welch armselige Art aus dem Kampf zu scheiden!« Er musste sich Tränen aus den Augenwinkeln wischen.

Zum Glück konnte der Elf gerade nicht angreifen, da seine Abschussvorrichtung abkühlen musste. »Saubermachen! Alles kontrollieren! Die Vorschriften müssen eingehalten werden!«, wiederholte der Elf sein Mantra.

Tundra Infuser mustere den Elf kritisch. »Kann es sein, dass es diesmal Kolonius erwischt hat? Tse, dabei dachte ich, dass es nicht noch schlimmer werden kann! Der Typ ist wie die Pest!«

Metal atmete tief durch und beruhigte sich wieder. »Der Typ hat uns ganz schön vermöbelt.« Er blickte zu den kampfunfähigen Spruce und Mezcal Infuser und schließlich zu Sakura Infuser, der noch immer seine liebe Not mit vierlagigem Toilettenpapier hatte.

Tundra verzog das Gesicht. »Jetzt sind nur noch wir beide da«, er blickte ihn ernst an. »Bitte verkack das jetzt nicht, du Lauch!«

Metal wiegte seinen Hammer in den Händen. »Nur wir beide? Ist das nicht wunderbar? Das ist fast wie früher! Auf geht's!« Unter tosendem Kampfgeschrei rannten die beiden auf den Elf zu und feuerten ihre Attacken ab.

Sie kannten sich bereits so lange, dass sie ganz genau wussten, wie der jeweils andere agieren würde. Das erste Mal begegneten sich Ivan und Tauno, als sie sechs Jahre alt waren. Es war der Tag der Einschulung, ein warmer Septembertag, an dem sich das Laub langsam rot und gelb verfärbte.

Tauno und Ivan hatten beide bisher in der Überzeugung gelebt, dass sie allein waren. Seltsame Außenseiter mit denen niemand spielen wollte.

Der eine hatte lange Haare wie ein Mädchen, die ihm schaurig in das Gesicht fielen. Doch war dies nicht der Grund, warum nie jemand mit ihm spielen wollte. Viel mehr machte den anderen Kindern seine schwarze Kleidung und seine ebenfalls schwarz gekleideten Eltern Angst, die, wie er immer stolz berichtete, Rockstars waren, die auf der Bühne als Zombies verkleidet herumliefen. Spätestens, wenn er ihnen Magazine zeigte und Zombiefrau und -mann als Mama und Papa bezeichnete, rannten sie schreiend weg. Und so spielte der Junge mit den gruseligen Haaren und Klamotten allein und dachte sich Geschichten aus.

Der andere Junge hatte ein Handicap, welches ihn zum Außenseiter machte. Wenn er nicht gerade mit seiner Sonnenbrille, die Gläser so dick wie Flaschenböden hatte, herumirrte, starrte er jedes andere Kind so finster an, dass niemand mit ihm spielen wollte. Seine schneeweiße Haut machte es ihm unmöglich, unbeschwert wie die anderen in der Sonne zu spielen. Deshalb spielte der Junge mit dem finsteren Blick und der kreidebleichen Haut stets allein im Schatten.

Doch vom ersten Schultag an waren sie beide nicht mehr allein. Da sich niemand neben Tauno und auch niemand neben Ivan setzen wollte, saßen die beiden fortan gemeinsam in der ersten Reihe. Wann immer Ivan nicht richtig sehen konnte, half Tauno ihm weiter. Im Gegenzug hörte Ivan Tauno zu, wann immer er fantasievolle Geschichten erzählte. Einmal, als die anderen Kinder Ivan hänselten und als Blindschleiche bezeichneten, baute sich Tauno vor ihm auf und machte ihnen so überzeugend weis, dass er sie alle verhexen würde, dass fortan niemand mehr wagte Ivan zu ärgern.

»Weißt du noch, wie wir damals die Burgruine im Wald entdeckt haben und den ganzen Nachmittag Ritter gespielt haben?«, schwärmte Metal Infuser zwischen zwei Attacken.

Tundra kräuselte die Stirn und wich einer weiteren Toilettenpapierattacke aus. »Ich erinnere mich daran, wie ich danach fast in den Bach gefallen bin, weil du Lauch bei unserem Schwertkampf nicht daran gedacht hattest, dass ich eventuell nicht sehe, wohin ich trete!«

Metal lachte. »Oh ja, und dann hingst du patschnass an einem Ast und hast geweint wie ein Baby!« Er machte eine Rolle rückwärts und schlug danach erneut mit seinem Hammer auf ein paar Pümpel und Klobürsten ein.

Tundra zischte entnervt. Rote Flecken hatten sich auf seinen Wangen gebildet. »Es ist immer dasselbe mit dir! Du denkst nicht nach und machst mit deinen Worten und Taten nur Probleme!«

Die Geschosse änderten abrupt die Richtung und flogen auf Tundra Infuser zu. »Icy Fire!«, die Säbel verschossen eine Welle kalten Feuers. Doch da sie schon viel zu lange gekämpft haben, gingen auch ihnen langsam die Kräfte aus. Wie in Zeitlupe sah Tundra einen Pümpel auf sich zufliegen. *Würde er nun wie Mezcal Infuser umgenietet werden? Der ganze Kampf war noch lächerlicher als alles, was sie bisher erlebt hatten. Besiegt von Klopapier. Genau wie John letzte Woche.* Er musste grinsen.

»Pass auf!« Metal machte einen Hechtsprung und stürzte auf Tundra zu. Im letzten Moment stürzte er sich auf ihn und warf ihn zu Boden, sodass das Geschoss sie beide um Haaresbreite verfehlte.

Hinter ihnen krachte der Pümpel in einen Baum. Eicheln und Blätter regneten herab.

Metal schüttelte das Laub ab und richtete sich auf.

Tundra lag perplex unter ihm.

»Gerade noch einmal Glück gehabt!«, grinste er.

Tundra trat eine Ader an der Schläfe hervor. »Warum handelst du immer ohne nachzudenken? Das hätte so was von in die Hose gehen können!«

Metal grinste ihn an. »Du fragst dich, warum ich Dinge tue?« Er wurde mit einem Mal ganz philosophisch. »Warum tun Menschen bestimmte Dinge? Man sollte sich doch eher fragen, warum sie es nicht tun!« Er stand auf und reichte ihm die Hand. »Ich kann einfach nicht anders. Wenn ich etwas richtig finde, muss ich es machen. Und wenn ich etwas falsch finde, muss ich es aussprechen!«

Tundra klopfte sich ebenfalls das Laub von der Kleidung. Er zögerte für einen Moment, dann ergriff er Metals Hand. »Du bist ein Idiot, du Lauch!«

Wieder musste Metal breit grinsen. »Das waren gerade sogar zwei Beleidigungen in einem Satz. Ich fühle mich geehrt!«

»Halt einfach die Klappe und lass es uns beenden!« Tundra presste wütend Metals Hand. »Hast du noch genug Kraft für eine finale Attacke?«

Metal zuckte mit den Schultern. »Probieren geht über studieren!« Plötzlich durchfuhr es ihn wie einen Blitz. »Ich habe da eine Idee! Lass uns …«

Der Kran war erneut abgekühlt und bereit für eine neue Attacke. »Alles muss unter Kontrolle sein! Alles hat seine Ordnung!« Wieder erschienen die gefährlichen Klobürsten und Pümpel. Dieses Mal legte der Elf mit der Nummer E 124 sogar noch eine Schippe drauf und beschwor nach Zitrone duftende Klosteine.

»Wie sagt unser Kleiner das? Schie… Schie…bah…«, stammelte Metal.

»Shibaraku!«, rief Sakura, kurz bevor der Elf ihm den Mund einwickelte.

»Wie auch immer! Wir haben nur noch zwei Minuten, also hör endlich mit dem Scheiß auf und komm wieder runter, du Dummschwätzer!« Tundra Infuser war noch immer kein Fan von großen Reden.

»Okay, wollen wir?« Metal reichte ihm die Hand und hob mit der anderen seinen Hammer. »Black Metal!« Ein Donnergrollen erklang am Firmament.

Tundra drückte Metals Hand so fest er konnte. Beide Säbel vereinten sich in seiner freien Hand zu einer einzigen Waffe, die er ebenfalls zum Himmel streckte. »White Fire!«

Ein schwarzer und ein weißer Lichtstrahl schossen herab und umhüllten die beiden. Die Waffen verwandelten sich in reine Energie. Gemeinsam streckten sie die Arme aus und riefen: »Rainbow Relax Revolution!«

Die Lichtstrahlen bündelten sich zu einer Marmorspirale und schossen mit geballter Kraft auf den Spinnenkran zu. Das Toilettenpapier leitete die Energie und fing Feuer.

Sakura wurde befreit und sprang zur Seite, als der Marmorstrahl sein Ziel traf und den Kran in tausend kleine Stücke pulverisierte.

Der Elf schrie vor Schmerz, doch verstummte, als kurz darauf die Entspannung einsetzte.

Während Metal und Tundra Hand in Hand vor Erschöpfung zusammensackten, beschwor Sakura Zuber und Schöpfkelle und trat auf den verwirrten Elfen zu. »Sag mir, mein kleiner Freund, warum du so gestresst bist und alle zu Marionetten machen willst?«

Der Elf richtete sich auf und räusperte sich. Er schien seine Niederlage mit Fassung zu tragen. »Ist doch wohl klar!«, begann er. »Ich hasse es einfach, wenn alles unordentlich ist. Wer ist so dämlich und hängt eine Klorolle verkehrt herum auf? Auf der Patentzeichnung für die Halterung kann man ganz genau sehen, wie herum es richtig sein muss und trotzdem machen es viele falsch.

Das ist doch dumm!« Der Elf begann sich in Rage zu reden. »Ist das nicht ekelhaft, wenn man nicht einmal die Klobürste richtig benutzen kann? Und welches Schwein lässt seine Haare im Waschbecken kleben, das danach noch andere Leute benutzen wollen? Habe ich nicht ein Recht darauf, mich darüber aufregen zu dürfen?«

Sakura stemmte die Hände in die Hüfte und hob eine Augenbraue. »Jetzt, wo du es sagst. Das ist echt ekelhaft und wir alle sollten ein bisschen rücksichtsvoller auf der Toilette sein.« Er nickte mehrmals.

Tundra Infuser verdrehte die Augen. »Das dauert alles viel zu lange!« Er sprang auf und nahm Sakura den Saunazuber ab. »Ja, es ist ekelhaft, da sind wir uns einmal einig!« Er ging auf den Elf zu und packte ihn am Kragen. »Aber deswegen muss man doch nicht ein Drama daraus machen! Häng doch einfach ein Schild mit einem lustigen Spruch auf, anstatt alle ständig mit deinen Predigten zu nerven!« Ohne mit der Wimper zu zucken tunkte er den Elf kopfüber in den Saunazuber.

Der Elf gurgelte erschrocken, wurde dann aber ganz ruhig. Eine Dampfwolke breitete sich aus. Als sich der Schleier lichtete, war Kolonius wieder der alte und die Zerstörung war verschwunden.

Spruce und Mezcal fühlten sich ebenfalls etwas erholt und richteten sich auf. Metal und Tundra stützten sich gegenseitig.

Als Kolonius verwundert und ohne sie eines Blickes zu würdigen seinen Weg fortsetzte, nickte Sakura zufrieden. »Ende gut, alles gut!«

Doch Mezcal Infuser zückte seinen Revolver. »Moment!«

Schräg gegenüber, halb verdeckt durch das Dickicht des Blockhüttenwaldes, standen drei Gestalten in langen Overalls und beobachteten sie. Jeder von ihnen trug eine Tiermaske, die schaurige Verletzungen aufwies. Es waren ein roter Fuchs mit Reifenspuren im Gesicht, ein blauer Wolf, dem das vergiftete Blut aus allen Körperöffnungen quoll und ein grüner Bär, der einen sauberen Durchschuss vom linken Auge bis hin zur rechten Wange hatte. Schweigend blickten sie in die Richtung der fünf Helden, die mit gezückten Waffen auf sie zustürmten.

»Wer seid ihr und was wollt ihr?«, rief Tundra misstrauisch.

Der Fuchs legte fragend den Kopf schief.

Metal schwang den Hammer. »Seid ihr für diese Monster verantwortlich? Los, raus mit der Sprache!«

Der Bär zuckte mit den Schultern und sagte nichts, doch der Wolf schüttelte den Kopf. »Wir sind Forscher. Nichts weiter als das. Wir forschen und beobachten. Wir haben nichts Böses im Sinn.«

Sakura kratzte sich verwundert die Schläfe. »Warum versteckt ihr dann eure Gesichter, wenn ihr nichts Böses wollt? Drei maskierte Typen im Gebüsch, das ist verdächtig, wirklich *sehr* verdächtig!«

Der Fuchs schien zu lachen.

»Was ist?«, blaffte Tundra Infuser.

Der Fuchs zog etwas aus seiner Hosentasche und warf es ihm zu. »Licht und Liebe, mein Freund!« Im nächsten Moment explodierte eine Blendgranate.

***

Taro starrte grübelnd aus dem Fenster der Panoramasauna. Ohne Brille konnte er nicht sehr viel sehen, doch es reichte, um die Entenfamilie schemenhaft auszumachen. Seine Gedanken waren ohnehin bei den drei Gestalten, die so schnell wieder verschwunden waren, wie sie aufgetaucht waren. Er hatte bereits viele Serien im Fernsehen gesehen und wusste daher, dass es eine ungeschriebene Regel war, dass Bösewichte immer als Trio auftraten. Aber die drei hatten sich als Forscher und Beobachter bezeichnet und keine Anstalten gemacht, die erschöpfte Heldentruppe in einen epischen Kampf zu verwickeln.

Das Fenster beschlug. Ivan und Tauno hatten Eis besorgt und lieferten sich nun einen Aufguss-Wettstreit. Das Eis diente dabei dazu, die Luftfeuchtigkeit kurzzeitig zu erhöhen, damit sich die Hitze noch heißer anfühlte.

»Das ist doch gar nichts!«, rief Ivan und schüttete eine weitere handvoll Eis auf die heißen Steine. Seine krebsrote Haut war schweißnass.

»Oh, denkst du, das macht mir Angst! Ich nehme gleich einen ganzen Eimer!« Es zischte, als Tauno seinen Worten Taten folgen ließ. Er schnappte sein Handtuch und wedelte wie wild über dem Saunaofen hin und her. »Na, machst du schlapp, du alter Griesgram?«, er lachte überheblich.

Ivan nahm ebenfalls sein Handtuch und schlug ihm einen Schwall heiße Luft entgegen. »Gegen dich Lauch werde ich niemals verlieren!«

Tauno und Ivan stritten zwar immer, doch in Wirklichkeit waren sie die besten Freunde, die sich niemals im Stich lassen würden.

Während Anders bedrohlich hin und her schwankte, bewahrte John seine stoische Ruhe. Es war ein Freitag wie immer, mit der Ausnahme, dass sie seit zwei Monaten nicht nur zu fünft, sondern auch noch Superhelden waren.

Taro hatte sich inzwischen an sein chaotisches Austauschjahr gewöhnt. Er seufzte entspannt und genoss die feuchte Hitze. Zufrieden lehnte er sich zurück und lächelte. »Nordeuropa ist wirklich seltsam. Aber ich bin total glücklich darüber, dass ich mich getraut habe hierher zu kommen! Ich kann es kaum erwarten, was dieses Jahr noch alles passieren wird!«

Bonus

Willkommen an der Saint Claus Academy!

Gegründet im Mai 1886 (zerstört im Zweiten Weltkrieg, Wiedereröffnung 1950), besuchen aktuell 191 Schüler und sieben Stipendiaten das Internat auf einer Insel im Bottnischen Meerbusen. Die Schulsprache ist Englisch. Nach drei Jahren (10. bis 12. Klasse, Oberstufe) kann das Internationale Abitur (IB Diploma) erworben werden.

Die Studiengebühren betragen 13.500 Euro pro Jahr (für Stipendiaten frei). Es gibt Freizeit- und Sport-Clubs. Für die Freizeit-Clubs (freie Themenwahl) muss vom jeweiligen Club-Vorsitzenden eine Blockhütte angemietet werden. Jeder Schüler ist dazu angehalten, in einem Sport- und einem Freizeit-Club Mitglied zu werden. Es besteht jedoch, wie auch beim Unterricht, keine Anwesenheitspflicht.

Geburtstag:
15. Juli

Alter:
15

Größe:
1,58 m

Sternzeichen:
Krebs

Geburtsort:
Kyoto (Japan)

Blutgruppe:
0

Geschwister:
Ichiko (19) und Hanako (17)

Mag:
Superhelden, Gummibärchen

Mag nicht:
kalte Klobrillen, scharfes Essen

Geburtstag:
15. Oktober

Alter:
16

Größe:
1,65 m

Sternzeichen:
Waage

Geburtsort:
Ålborg (Dänemark)

Blutgruppe:
A

Geschwister:
keine

Mag:
Mode, Social Media

Mag nicht:
Unruhe, Weintrauben

Geburtstag:
15. Januar

Alter:
17

Größe:
1,89 m

Sternzeichen:
Steinbock

Geburtsort:
El Paso (USA)

Blutgruppe:
0

Geschwister:
Jane (2)

Mag:
Kochen, Backen, Badelatschen

Mag nicht:
Socken, Käse

Geburtstag:
15. Dezember

Alter:
17

Größe:
1,81 m

Sternzeichen:
Schütze

Geburtsort:
Rovaniemi (Finnland)

Blutgruppe:
B

Geschwister:
keine

Mag:
Metal, Schreiben

Mag nicht:
Rap-Musik, Kürbissuppe

Geburtstag:
15. April

Alter:
16

Größe:
1,72 m

Sternzeichen:
Widder

Geburtsort:
Moskau (Russland)

Blutgruppe:
AB

Geschwister:
Nikolai (15)

Mag:
Regeln, Kraftsport

Mag nicht:
Daily Soaps, Aal

Tristan Nothnagel

Geburtstag:
19. Oktober

Alter:
17

Größe:
1,78 m

Sternzeichen:
Waage

Geburtsort:
Wien (Österreich)

Blutgruppe:
0

Mag:
Heimwerkern, Bücher

Mag nicht:
fehlende Schrauben

Geburtstag:
21. März

Größe:
1,80 m

Geburtsort:
Wien (Österreich)

Alter:
18

Sternzeichen:
Widder

Blutgruppe:
A

Schief gedruckt? Das wird reklamiert!

Mag:
Schulfeste, Volkstanz

Mag nicht:
schief gedruckte Flyer

Geburtstag:
13. September

Alter:
16

Größe:
1,69 m

Sternzeichen:
Jungfrau

Geburtsort:
Bern (Schweiz)

Blutgruppe:
A

Mag:
Desinfektionsmittel

Mag nicht:
Bakterien und Viren

Kolonius von Kotwitzi

Geburtstag:
29. Oktober

Alter:
18

Größe:
1,66 m

Sternzeichen:
Skorpion

Geburtsort:
Neumünster
(Deutschland)

Blutgruppe:
B

Hängt die verdammte Klorolle richtig herum auf!

Mag:
Ordnung, Gesetze

Mag nicht:
Haare im Waschbecken

Nachwort

Vielen Dank, dass ihr *Sweet! Sweat! Swoop!* gekauft habt!

Mit dieser Serie wird ein großer Traum von mir wahr. Schon als Kind habe ich Magical Girls geliebt und mir Heldinnen und ihre Abenteuer ausgedacht. Vor etwa zehn Jahren wuchs der Wunsch in mir, so eine Geschichte mit Jungen zu schreiben, doch ich hatte erst 2018 den Mut, es auch in die Tat umzusetzen. Letztendlich dauerte es noch bis in den Winter 2019/20, bis die Rahmenhandlung so weit ausgearbeitet war, dass ich es schreiben konnte.

Während meine andere Serie beim CatMint Verlag, *ASS! of BIKE*, innerhalb eines Monats stattfindet, erstreckt sich die Handlung von *Sweet! Sweat! Swoop!* über ein ganzes Jahr. Das bietet viel Platz für Feiertage und Traditionen, sowie Charakterentwicklung. Allerdings bringen die größten Light-Novel-Hirnfürze nichts, wenn man sie nicht angemessen illustrieren kann. Dafür habe ich mir Nana Yaa an Bord geholt. Nana holt aus meinen einfachen Entwürfen das beste raus und gibt den Figuren einen ganz besonderen persönlichen Touch. Danke, einfach nur Danke!

Dieses Buch wurde durch eine Kampagne auf Startnext finanziert, die der CatMint Verlag organisiert hat. Ich danke unseren zahlreichen Unterstützern und besonders den vier Charakterpaten, die ihr Aussehen für die Monster der Woche bereitgestellt haben. Diese Tradition möchten wir gerne im zweiten Band beibehalten, also folgt mir auf Twitter (@AnneAtsusa), wenn ihr an Neuigkeiten über den weiteren Entstehungsprozess interessiert seid. Auch bedanken wir uns recht herzlich beim Light Novel Dungeon für die großzügige Unterstützung.

Neben Farbstoffen und Stressbewältigung ist das Überwinden kultureller und ethischer Unterschieden ein zentrales Thema dieser Serie. Deshalb werden die Charaktere und ihre Ansichten in diesem Band teilweise überspitzt und stereotypisch dargestellt. (Die Hauptcharaktere haben sogar Platzhalter-Namen.) Jeder hat einen anderen Hintergrund und muss im Schul- und Heldenalltag erst noch lernen, über den eigenen Tellerrand zu blicken. Ob das gelingen wird, werdet ihr im nächsten Band lesen können! ^_^

Anne Atsusa, Februar 2021

Hallö~ Freut mich, dass ihr dabei seid!

Ich bin für die bildliche Untermalung zuständig. Meine Zeichnungen sollen euch dabei helfen, euch die Figuren und die Welt, in der sie agieren, noch etwas besser vorzustellen und euch tiefer in die Geschichte eintauchen zu lassen!

Obwohl Anne und ich uns schon lange kennen und das hier nicht unser erstes gemeinames Projekt ist, bin ich den offiziellen Weg gegangen, mich bei der vom CatMint Verlag ausgeschriebenen Illustratorensuche zu bewerben.

Eigentlich habe ich genug mit eigenen Comics zu tun, aber ich wollte sicher gehen, dass die Light Novel mit ihren süßen Charakteren und ihrem leicht absurden Themenmix in gute und passende Hände fällt. (Besitzergreifend?!) Und dann hab ich den Job tatsächlich gekriegt und hatte plötzlich großen Druck auch abzuliefern, damit Anne ihre Wahl aus den vielen guten Einsendungen nicht bereut, ha ha!

Ein großer Vorteil für mich bei der Arbeit an dieser Reihe ist, dass Anne sehr klare Vorstellungen vom Aufbau der Illustrationen hat und ziemlich viel vorgearbeitet hat. So stammen alle Logos und Designs in diesem Buch von ihr und ich konnte mich dank ihrer Adobe Illustrator Referenzen der Figuren, ihrer Trachten, Uhren und Zauberwaffen, an einem bereits klaren Look bedienen. Auch hat sie 3D-Modelle für Gebäude und Orte herausgesucht, anschauliche Beispielcollagen aus Stockfotos oder Layout-Kritzelein gemacht.

Mein chaotische Zeichnerhirn ist dankbar dafür, dass meine Leistung weniger aus Nachdenken, sondern größtenteils aus »Dinge in meinem Stil ausarbeiten« bestehen durfte.

Ich hoffe, dass euch unsere Zusammenarbeit gefallen hat und wir uns in Band 2 und 3 wiedersehen werden!

Nana Yaa, Februar '21

Sweet! Sweat! Swoop!

Sweet! Sweat! Swoop! Band 1
1. Auflage 2021

3481 Fels am Wagram.
Text, Satz und Gestaltung: Anne Atsusa
Bild: Nana Yaa

ISBN 978-3-903282-05-6